merbod

Peter Miniböck

Die Schnecken-mumie

Erzählungen

merbod

Die Herausgabe dieses Buches wurde durch die Unterstützung folgender Institutionen ermöglicht:

Kulturabteilung des Amtes der N.Ö. Landesregierung

Bundesministerium für Unterricht und Kunst

Druck: Mühlberger, Neunkirchen
Bindearbeiten: Wladika, Wiener Neustadt
Umschlagentwurf: merbod-Verlag

ISBN 3-90084430-5

UNERWARTETE BEFLAGGUNG

oder

PASSANTEN DES ZUFALLS

Alles an jenem Sommernachmittag ereignete sich wie beiläufig: Die Straße, die ins Zentrum der Stadt führte, lag offen, gleichsam verwundet da und fieberte dem Abend entgegen. Der Tag hatte sich mit flimmerndem Sonnenlicht umgeben und konnte sich nun, da er in sein letztes Drittel eintreten mußte, kaum aus dessen heißer Umklammerung lösen. Gleichmütig trotteten die Menschen dahin. Sie hatten sich auf das Unabdingbare eingestellt, von dem sie nicht wußten was es sein werde. Irgendwann waren sie unaufmerksam geworden und die Falle war zugeschnappt. Es blieb ihnen keine Zeit mehr, in den Glutnestern des Nachmittags zu verharren. Sie hätten sich rechtzeitig aus alldem heraushalten sollen, hätten sich herauslösen müssen, zu tief steckten sie bereits in der Einlösung ihres Vertrages mit diesem Tag. Denn das Gewohnte geschah fortwährend und ohne Unterbrechung: Ein Rollen von Autos, Straßenbahnen, Bussen, Fahrrädern und Kinderwagen, ein Rollen, das niemand zum Stillstand bringen konnte. Einige aber hatten sich ausgeschlossen von jenem Bewegen, sahen aus den Fenstern ihrer abgedunkelten Zimmer, blickten aus leeren Augen auf flirriges Treiben hinab.

Sie trugen die Bilder alter Schwarz-Weiß-Filme in sich, in die sie aus Bequemlichkeit versunken waren. Längst hatten sie aufgehört, sich gegen diese wiederauferstehenden Illustrationen der Vergangenheit zur Wehr zu setzen, so, wie sie sich auch nicht mehr gegen ihre Art zu leben wehrten. An den Fassaden aneinandergereihter Patrizierhäuser waren sie an ihren bleiernen Gesichtern zu erkennen, umrahmt von ehemals goldenen Girlanden und steinernen Löwen, und wie diese, zu Zunftzeichen einer vergangenen Epoche geworden. Das Metallische der Straße aber hatte mit dem matten Gold der Simse nichts gemeinsam, sondern glich vielmehr einer klebrigen Zunge, der alle auf den Leim gingen. Und einer ging, ging allen entgegen, blickte suchend in aller Augen, suchte den Blick einer zu finden, deren kleines Gesicht er behutsam zwischen seine Hände nehmen könnte, suchte nach einer, der er mit einer sanften Geste sein Beschützen überstülpen würde, um sie vor dem Unerwarteten zu bewahren. Und nach solchen Augen Ausschau haltend, hoffte er auf jene Tausendstelsekundenübereinstimmung, die seinem Suchen hätte Sinn geben können. Jede aber wich seinem Blick aus; der

Funke wurde nicht gezündet. So hielt er sich krampfhaft an die Spielregeln jener Verantwortlichkeit, die er noch für sich zu haben glaubte. Nichts davon war jedoch in seinen Augen zu erkennen: perfekte Seelenjalousien, die er rechtzeitig installiert hatte. Dennoch glaubte er an die Möglichkeit stummer Zwiesprache mit der einen oder andern, mit dem einen oder andern, darauf hoffend, auf diese Weise Antworten auf seine Fragen zu bekommen. Nur noch eines war in seinen Ohren: Eine dröhnende Stille, die seinen Kopf auszufüllen begann. Und so redete er stumm mit jedem, der ihm begegnete, sandte stille Botschaften aus, sprach schließlich einige an, stellte sie zur Rede, startete einen Marathon des Fragens, um alles aus ihnen herauszuhören. Schließlich aber redete er nur noch zu sich selbst, blieb mit seinem geflüsterten Gestammel von den Passanten ungehört. Er hatte ja deren Antworten nicht abgewartet, jene Antworten, die fortwährend nur in seinem Kopf entstanden und die nicht zu seinen stumm gestellten Fragen paßten. Trotzig widerstand er dem Drang stehenzubleiben; der Sehnsucht festzuwachsen, vermochte er nichts entgegenzusetzen. Dennoch ging er immer noch, bewegte sich weiterhin in eine Richtung fort. Und es war für ihn nicht erkennbar, wie weit er sich bereits von sich selbst entfernt hatte, wie lange er schon in fremden Kategorien dachte und nach den Gesetzen anderer handelte. Wenig nur bleib übrig für ihn, wenig an eigenen Gedanken, wenig auch an Gefühlen, die zu verschenken er nicht imstande war. Die Taten, die er hätte setzen sollen, würden in diesem Augenblick nicht mit seiner Zeit übereingestimmt haben. Das Unerwartete blieb aus. Und er fand sich in einer Zeit wieder, die nicht die seine war, einer Zeit, die ihn nicht ausfüllte, sondern, wie all die andern in dieser Straße, stetig aushöhlte. Mit einem Male hatte er erkannt, daß er nicht mehr aus der Haut fahren konnte und daß es für ihn nur noch eine Chance gab, nämlich sein Innerstes von Kälte freizuhalten, um wenigstens ein Lächeln zustandezubringen. Also lächelte er demütig gegen die Sanduhr; ging von jetzt an lächelnd weiter. Er blieb also in Bewegung, wagte auch nicht danach zu sehen, was über ihm war, das Hinaufschauen vermied er fortan. Und sich seiner Verspannungen bewußt, merkte er, daß ihm etwas im Nacken saß. Also sah er nicht *hinauf*, machte sich vielmehr etwas *vor*, sagte sich Worte vor: 'Nackenschmerz' war so ein Wort, 'Messerstich' ein anderes, das er sich nicht gestattete laut auszusprechen. Und Stichen gleich fuhr das Quietschen bremsender Räder ins Innere der Passanten: Ein jähes Zusammenzucken nur, dann ging es weiter, dann bewegten sie sich, Schlachtvieh der Straße, weiter. Fortwährend waren sie Lärmattacken ausgesetzt: Sie alle hatten die laute Stachelkrone dieses Nachmittags zu tragen. Die inneren Töne waren zurückgedrängt worden, denen wurde die Freiheit nicht zugestanden. Zwischen dem dumpfen Poltern einer Straßenbahn und dem der nächsten, herrschte eine Stille, der sich keiner entziehen konnte: Eine Lähmung ihrer Sehnsüchte hatte sich über alle gelegt. Diese letzte Pause hätten sie nützen sollen, keiner aber hatte erkannt, daß es mit dem Lärm und der Hitze seine Richtigkeit hatte. Niemand dachte an das Recht auszubrechen. Immerhin hatten einige der Passanten kurz aufgeschaut, hatten vergeblich ins knallige Blau des Himmels hinaufgesehen, ohne daß in ihren Köpfen die entscheidende Veränderung eingetreten. Sie ließen sich treiben und ihre Körper waren von kleinen Windstößen dahergewirbelte Blätter, die weiter und weiter rotierten, ohne je anzukommen. Bald aber regte sich der Wind nicht mehr, von den wenigen Bäumen fiel kein Blatt, die Bäume der Straße behielten alles für sich. Und es war klar geworden: Die Sicht auf die Stadt war nun frei, nichts mehr gab es, was zu erwarten gewesen wäre. Selbst die hoffnungsvoll Aufschauenden hatten nichts zu sehen bekommen. Plötzlich Kerzenlicht: Leuchtende Stelen des Kontrapunktiven: Kastanienblüten! Die Menschen waren sich selbst auf den Leim gegangen. In ihrer Kindheit hatten sie ja noch daran geglaubt, in den Kastanienblüten wahrhaftig brennende Kerzen vor sich zu haben; das Brennen in den Bäumen war ihnen dabei das Wichtigste gewesen. Daß ein Baum feierlich zu brennen imstande war, hatte sich tief in ihren Erfahrungen selbstverständlicher Wunder eingegraben. Bald aber hatten sie, von den Lügen ihrer Vergangenheit eingeholt, das Staunen der Kindheit gegen die Unbeholfenheit des Alters eingetauscht. Sie glaubten sich im Recht, denn es war ja weit und breit kein Kind zu sehen. Das 'Missing Link' dieses Nachmittags war nicht gegenwärtig. Auch sah keiner mehr hinauf zu jenen scheinbar brennenden Blüten; die Feuer, entfacht durch kindliche Erinnerung, blieben ungezündet. Und niemand war präsent, der die Wahrheit des Kerzenblütenwunders mit kindlicher Selbstverständlichkeit hätte erstehen lassen. Die schalen Paradiese der Kaufhäuser wurden minuziös gegen die vergessenen Elysien der Kindheit aufgerechnet. So gingen alle *ihren* Weg, waren der Hitze des Nachmittags ins Netz getaumelt und eine knallblaue Fröhlichkeit hatte sich zwischen die Stunden geschwindelt, ohne sich auch nur in einer Sekunde breitmachen zu können. Tief stand nun die Sonne und preßte ihre Glut schräg in den Canyon der Straße. 'Gehen' war die für diesen Nachmittag aus-gegebene Parole, also gingen alle. Blinde Wappenlöwen grinsten auf sie herab; in den erhitzten Gesichtern ihres Gegenüber aber erkannten sich die Menschen wieder. Und sie wußten: blieben sie *alle* stehen, es wären lediglich ihre Gesichtshälften, die glühten, nur die jeweils rechten und linken Wangen, die leuchteten. Dies erkennend hasteten sie weiter, die Glutzungen der Sonne hatte sie ja noch nicht erreicht und so glaubten sie sich gerettet. Und doch hatten sie nur eine neue Parasitologie der Seelen erlernt: die Infektion blindheißen Dahinlaufens.

Denn wären sie stehengeblieben, ja hätte auch nur einer von ihnen angehalten, sie hätten nicht nur glühende Wangen, sondern auch heiße Ohren davongetragen, wären demnach zu falsch-positiven Beispielen erregter Errötung geworden. Aber sie vermieden das Stehenbleiben; das Aufschauen war ihnen längst fremd geworden.

Dennoch: einer sah auf, sah ein letztes Mal zu den Bäumen hinauf; augenblicklich stach die nun bereits tiefstehende Sonne, die ihm scheinbar entgegenkommende Sonne, in die Augen, stach tief in ihn hinein, bis auf den Grund seines Fühlens. Das also war 'Die Blendung des Herzens', über er die er sich so oft schon lustig gemacht hatte und vor der er sich, sie längst erwartend, davonmachen wollte. Im Gehen schien er sich zu fangen, hatte sich selbst aufgefangen, ließ nicht zu, daß die Lava über ihn kam, versuchte zu verhindern, daß ihn die Häuser gleich glühenden Rosten gefangenhielten. Die das Sonnenlicht grell reflektierenden Auslagenscheiben waren ihm Blendwerk genug, er benötigte die dahinter verlockend aufgebauten Waren nicht zu sehen, wollte sie auch nicht berührt haben, hatte nichts von der Stelle gerührt. Er war nun in seiner Hölle angekommen und befand sich doch immer noch und eben deshalb in seinem Himmel des Gehens, nur in dem des Gehens. Und obwohl er pausenlos weiterging, befand er sich nie dort, wo er hinzugehören glaubte, sondern war an einem Ort, in einer Zeit gefangen, die ihm fremd waren. Er war zum Gefangenen einer Zeit geworden, die anders ablief, als die der Welt. Aber auch das hatte er zu spät erkannt. Denn das Weitergehen war ihm zum Verhängnis geworden: Mit knirschendem Krachen knallte er gegen eine Hauswand, spürte voll Schmerz den Aufprall, spürte ihn i n seinem Kopf, spürte tief drinnen in seinem Gehirn jenes Geräusch des Aufprallens. In Wahrheit jedoch lief er nicht mehr gegen etwas an, hatte sich das Knallen gegen die Wand nur erdacht, lediglich in seinem Kopf hatte es stattgefunden. Es war ja dem Anprall kein tatsächliches Aufschauen zu jemandem vorangegangen, keine Handlung erniedrigender Devotion, nur ein irritieren-des Geblendetsein. Er war mit sich selbst zusammengekracht, als Warnung gewissermaßen. Daraufhin vermeinte er nur noch selten ein Kind geblieben zu sein, machte sich aber trotzdem auf die Suche nach den Dingen, die es nicht wirklich gab. Und jede seiner Handlung war dieses Suchen, war es, in jeder Phase. Denn hatte er einmal etwas begonnen und auch zum Abschluß gebracht, mußte er es sofort wiederholen, um diesen Ablauf mit *seinen* Bildern aufzufüllen, um sich des Vollzugs der Sache sicher sein zu können. Mit dem Laufen erging es ihm genauso. Er wünschte sich aber, nun nicht mehr durch die Straßen rennen zu müssen, auch nicht ständig das Opfer eines nur in seinem Kopf stattfindenden Unfalls und somit das Objekt seiner eigenen Bedrohung sein zu müssen.

So oder so, er wäre kein Kind mehr gewesen, er hatte endlich erwachsen zu sein. Und nur das Staunen war ihm noch erlaubt. Die Straße hätte ihm viele Gelegenheiten dazu geboten; träge aber lag Staub in ihren Winkeln. Die Menschen hofften auf eine kurze, aufmunternde Böe, einen kleinen Windstoß, der alles zu verändern imstande gewesen wäre. Noch aber war nichts davon zu verspüren. Die Zeit hatte den Tag wie zwei Kontinente auseinanderdrifften lassen. Die Grenzen waren nun offen; keiner überschritt sie. Denn immer noch drückte die gallertige Hitze allen die hier gingen ihren Stempel auf.

Eingehüllt vom Verkehrsgetöse aber kamen sie nicht zum Nachdenken. Lediglich an den Rändern ihrer Gedanken ereigneten sich flüchtige Veränderungen, kaum daß sie diese wahrnahmen. Dennoch war ES bereits in der Welt. Und es war die Gleichzeitigkeit des Augenblicks aller ihrer Gedanken, die die Menschen weitertrieb, es war, als ob sie die Furcht vor dem Vergessen des soeben gedachten Gedankens immer weiterrennen ließ. Vielleicht wäre es dieser allerletzte gemeinsame Gedanke gewesen, der sie tatsächlich hätte weiterbringen können. Einige der Passanten waren stehengeblieben und starrten auf die in den Schaufenstern ausgestellten Objekte ihrer kleinen Begierden. Alsbald entfernten sie sich jedoch von ihren Standorten, ihren Schau-Orten, ohne sich aus ihrer Trance gelöst zu haben. Gleich gemieteten Derwischen tanzten sie weiter und weiter, zu Modeschauen und Automobilsalons. Bereitwillig bahnte ihnen die Straße mit dem Fieber der Verführung den Weg. Mittenhinein in die Stadt ging es: Ein chinesischer Drache aus Menschenleibern , der des Charmes einer Avenue nicht bedurfte. So rannten sie alle, gleichgültig aus welcher Richtung sie kamen, die Straße hinunter, ein stetiges Abwärts, hastig und ungeduldig, war ihre Mission. Längst hatten sie sich ihrer freiwilligen Fahrlässigkeit ergeben, ja, trugen sie mit trotzigem Stolz zur Schau. Ihre Perspektive war, von wo aus sie auch zu laufen begonnen hatten, immer die gleiche: Eine Sehnsucht danach, die Straße hinabzueilen, um schließlich in der Stadt, also *unten,* anzukommen. Über die Richtung, die sie dabei einschlugen, glaubten sie sich keine Rechenschaft geben zu müssen. In Wahrheit aber war es das klebrige Band der Straße, das die Menschen, gleich Soldatenpüppchen, vorwärtsbewegte, waren es die blendenden Glasscheiben, an denen sie vorbeidefiliert *wurden.* Die Richtung in die es ging, nämlich der Stadt entgegen, war vorherbestimmt. Und mit fröhlicher Zuversicht bewegten sich die Passanten ins Abwärts, das sie für ein Vorwärts hielten. Auch machte die Hitze ihre Gesichter nicht mehr brennen, verschonte sie vielmehr und holte, ohne daß sie es merkten, die Zuversicht aus ihnen heraus und ließ sie verdampfen. Das Lächeln gefror ihnen nicht - einige sahen die Sonne als die klare Scheibe des Mondes - es schmolz mit jedem ihrer Schritte dahin.

Und alle Bestrebungen auf der Straße weiterzukommen, ihr gar zu entkommen, waren aus den Gehirnen gebrannt worden. Die Nachmittagsglut der Sonne hatte ganze Arbeit geleistet: Gesenkten Hauptes kamen die Menschen daher, als erwarteten sie das kalte Beil des Mondes; die erahnte Kälte vermissend, trabten sie der Stadt entgegen. Die Herausforderung an ihre Sinne aber nahmen sie nicht an: keiner fragte nach dem Geruch der Hitze. Einige, in leichte Baumwolle gekleidete, mußten das Heiße wohl schmecken, hatten es zu verkosten und empfingen es demütig auf ihrer Haut, gleich einem Sakrament. Jene aber, die die Straße hinter sich wissen wollten, hatten in Wahrheit nichts mehr vor sich, hatten ihre Zukunft an andere verkauft, gemeinsam mit ihrer Zeit; vor allem deshalb liefen sie so schnell. Aufgeladen, den wütenden Blick nach Innen gerichtet, durchpflügten sie, alle und alles zur Seite drängend, die Straße. Sie hatten sich eine Maske des 'Schönen Ich' auferlegt und waren so endgültig ihrem Zwang zum Glück verfallen: Alles hatte in Ordnung zu sein; ihre kleinen, kalkulierten Euphorien ließen sie nicht vom Weg abweichen. Der tonlose Knall zerberstender Knochen hatte nur wenige, gleich ängstlichem Wild, aufgescheucht; erinnern konnte sich keiner daran, für das Kommende nur forderte die Straße Aufmerksamkeit, nicht für Vergangenes. Auch gab es mehr Wölfe als Rehe auf jenen Fährten der geliehenen Freiheit.

Scheu um sich blickend lenkte auch jene Frau ihre Schritte stadtwärts, die, längst ihrem Rudel verlorengegangen, geduckt den Schnurpfad entlangstrich. Wären Vögel über ihrem Kopf hinweggeflogen, sie hätte deren Schreie nicht zu deuten gewußt. Ja, die Sonne war aufgegangen, die Frau aber bedeckten immer noch die Schatten, aus denen sie nie gewagt hatte herauszutreten. Nie überkamen sie 'Kaskaden des Glücks'. Und nie hatte sie ein zum Liebkosen einladendes, ein zum Beschützen herausforderndes Gesicht ihr eigen nennen können, sie vermied es vielmehr mit Gleichmut, derartige Gefühlsregungen bei andern hervorzurufen. Selbst spiegelnden Auslagenscheiben wich sie erschrokken aus und wandte sich heftig ab, wenn diese ihre stumme Larventraurigkeit wiedergeben wollten. So schleppte sie sich dahin, ein amorphes Abbild ihres Kummers, sah ab und an auf ihre Schuhspitzen; das vermochte sie noch, das war ja in ihr: das Zu-Boden-Sehen. Es waren dies ihre lebensbedingenden Reflexe, ohne die sie nicht auszukommen glaubte. Zur Schau aber trug sie anderes: Einen abgewetzten, fettigen Rock, den sie auf eine beiläufig-selbstverständliche Art am Leib trug und dessen Stoff sie, gleich einer Schutzhaut, über ihren vorgewölbten Bauch gezogen hatte, so, als wollte sie ihr Frau-Sein darunter verbergen. Dennoch ging eine unterschwellige Sinnlichkeit von ihr aus, verströmte in die Straße, ohne irgendetwas auszulösen; nichts also, was sie dadurch hervorzurufen imstande gewesen wäre. Die Möglichkeit sexueller Belästigung, die sie durch diese Schmuddelligkeit provozierte, hatte sie einkalkuliert. Der Mittelmäßigkeit ihrer Kleidung bediente sie sich jedoch, um darin Schutz zu finden, um in den schweißverklebten Hüllen aus Kunstfaser ihre Art von Sicherheit zu leben. Wohl deshalb und sich dessen bewußt, hütete sich vor der scheinbaren Sicherheit des Verharrens in träumerischen Augenblicken. Es war demnach nur ein Dahintrotten, umgeben von den eigenen muffigen Ausdünstungen, das sie weiterbrachte. Gleich einem Schutzschild hielt sie die im

Supermarkt erstandene Plastiktragtasche vor den.Leib, schützte ihre Weiblichkeit, an der es nichts Schützenswertes gab. So schirmte sie lediglich ihr tägliches matschiges Bauchgefühl vor den andern ab, schützte sich aber vor allem vor den Blikken anderer Frauen. Krampfhaft hielt sie den Plastikbeutel hoch, als stilles Argument ihrer Mutlosigkeit.

Die Konturen des Tages begannen sich aufzulösen. Es war nun der Zeitpunkt gekommen, da sich das Gesehene vom Gehörten trennte, der Moment der unaufmerksamen Gleichgültigkeit. Das flirrend Grelle zwischen den Häuserreihen hatte nichts mehr gemeinsam mit dem stechendem Kreischen der Straßenbahngarnituren. Eines war vom andern abgetrennt worden; die Menschen nahmen es gleichgültig hin. Und von nun an geschah alles lautlos: Alle hatten sich endgültig dem geschmolzenen Blei dieses Nachmittags unterworfen und waren in ihm eingegossen. Ein Sieg der Glut: Weit weg war der Himmel, das arglose Lärmen der Kinder unhörbar. die Klapperschlangen befanden sich unter ihresgleichen; ihre Stummheit war an die Stelle rasselnden Kampfeslärm getreten. Und die Stille des Nachmittags bot keinen Schutz gegen die kleinen, wie zufällig entstandenen Enttäuschungen, die sich die Passanten unbewußt zugezogen hatten. Einige sponnen mit ihren Blicken unsichtbare Fäden entlang der Straße. Wohin sie auch sahen, bildete sich ein imaginärer Schleim aus Resignation. Dennoch gingen sie weiter. Und die Hitze verursachte bei ihnen das gleiche Frösteln, wie sie es von der Kälte gewohnt waren. Die hätte ja ihre wortlosen Töne weiterzutragen vermocht, die Hitze der Straße aber hatte die dumpfe Taubheit siegen lassen. Alle Fragen waren gestellt worden; die glutheißen Wiederholungen hatten sich in die Gehirne eingebrannt. Manche glaubten, sich 'frei-gehen' zu können: immer noch hetzten sie durch die Straße, daß ihnen Hören und Sehen verging. Die ehemals nassen Achselhöhlen waren ausgetrocknet, die Wangen glühten schon lange nicht mehr. Und selbst jene wenigen, die die Straße als Durchgang von ihrem Drinnen nach einem Draußen benützen hatten wollen, erwarteten nichts mehr von ihr. Denn die Straße hatte s i e an Stelle der Hunde an die Leine genommen, hatte sie, ihnen Leben vortäuschend, an die Kandare genommen. Lautlos ging es dahin: Nur noch als übelriechendes Fließband wurde die Straße benützt: Zeitlupenkämpfe gegen klebrigen Asphalt. Die Verlangsamung war eingeleitet worden: Lautloser Stillstand, stiller Stand nunmehr, anstelle nicht eingelöster Versprechungen.

Einer aber brachte Bewegung in die Straße, einer, der die Straße *tatsächlich* hinunterlief, der Läufer eben, für den es nur diese eine Richtung gab. Ja, hatte er sich gesagt, er werde seine Schritte in die andere Richtung lenken; nichts gab es mehr, dem er hinterhergelau-fen wäre. Und der Staub der Straße vermochte ihm den Atem nicht zu nehmen. Er hielt durch, lief schnurgerade in dem von ihm bestimmten Rhythmus: Mit kurzen Atemstößen gab er sich den Takt, kaum daß ihn jemand berührte. Denn mit den Dahintrottenden, gar mit den Stehengebliebenen, hatte er nichts Gemeinsames. Nur dem Gleichmaß seiner Muskelbewegungen hatte er sich verschrieben: Lautlos durchmaß er die Straße; deren verlogene Stille kam ihm gerade recht, auf die hörte er, die paßte sich der Harmonie seines Laufes an. Also schwieg er, schwieg sich aus, hatte sich längst alle Wörter aus dem Leib gerannt, war stummer König seines Schweigens geworden. Und mit jedem

Anspannen seiner Muskeln ließ er die andern weit hinter sich, gab sich zügig den Takt vor, den keiner mithalten konnte, zu leichtfüßig war er, zu gedankenschnell vielleicht auch. Und zu weit entfernt war sein Ziel für andere und kein Zielrichter in Sicht, der seinen Sieg und ihr Verlieren hätte beurteilen können. Vielleicht daß deshalb nur der Läufer etwas in der Ferne hatte erkennen können, etwas, von dem die Passanten nicht ahnten, was es ist. Dennoch hatte es ich längst in aller Köpfe angekündigt: das Neue, Unerwartete. Und jene Bilder, die der Läufer in sich trug, Bilder, die nicht die ihren waren und mit denen sie nichts anzufangen wußten, waren plötzlich Bestandteil ihrer eigenen Gedanken geworden. So wie der Läufer aber, konnten die Menschen diesen Bildern nur hinterherlaufen, um zu versuchen daraus Begriffe zu formen, die ihnen helfen würden, diese Bilder zu verstehen. Keinem gelang dies: Die Begriffe verweigerten sich dem Verstand und die Bilder verblaßten.

Die Hitze war verebbt, das Grelle des Mittags endgültig dem Dunst des Nachmittags gewichen. Und nur kurz genossen die Menschen den kühlenden Wind, der sich in den Winkeln der Hauseingänge wirbelnd fing. Plötzlich war da Hasten, eine alle aufschreckende Unruhe: Das Wild hatte etwas gewittert. Ein Tänzeln hob an: jeder umkreiste jeden; Wolfsnachmittag. Scharfer Geruch breitete sich aus, eine Mischung aus Angst und Mordlust. Auf und davon also, ein jeder für sich. Eine klebrige Furcht lähmte jedoch die meisten.

Denn da war noch einer, der durch die Straßen lief: Ein wunder, hungriger Wolf. Einer, der anders war als sie, der tagelang, nächtelang immer weiter lief und der nicht mehr darauf hoffte, seine 'inneren' Bilder mit den 'richtigen' Gedanken verbinden zu können. Und hatte er auch beschlossen, nur noch seinen Weg zu gehen, blieb doch sein Hunger nach dem Opferfleisch der Wahrhaftigkeit ungestillt. Er glaubte nicht mehr daran, jemals an den Ort zu gelangen, den zu erreichen er aufgebrochen war. Auch war er sich nicht im klaren darüber, ob er lief, um vor seinen Gedanken 'davonzulaufen', oder, im Gegenteil, von einem Gedanken zum nächsten zu hetzen. Das Laufen und das Denken waren ihm eins geworden und trieben ihn an, ohne daß er deshalb weitergekommen wäre. Eingebunden in seine Zeit, die auch die der andern war, mußte er mit beidem zurechtkommen: mit seiner Einteilung der Zeit und mit der ihm zugeteilten Zeit, die ihm die Straße vorgab. Aber er hatte begonnen, seine Gedanken auf alle Dinge gleichzeitig aufzuteilen und so war es ihm gelungen, den geschmolzenen Klumpen Lethargie dieses Nachmittags aufzulösen. Die Gallerte, in die die Menschen eingegossen gewesen waren, war nun zerronnen. Dennoch glaubte er nicht daran, das zustandegebracht zu haben. So wie er nicht daran glaubte, durch sein Stehenbleiben den Gedankenfluß anhalten zu können. Ein Gedanke folgte weiterhin dem nächsten, ohne daß er sich aus dieser Spirale befreien konnte. Es war das berechenbare Wölfische an ihm, das ihm ein Ausbrechen unmöglich machte. So gab es für ihn nur noch diesen einen Ausweg: laufen. Also lief er, lief fort und fort, lief weiter durch die Straße, in der sich etwas ankündigte, etwas, das er längst gewittert hatte; seine vom herabrinnenden Schweiß getrübten Augen würden es rechtzeitig erkennen.

Das grelle Aufblitzen spiegelnder Glasfassaden hatte aufgehört. Von nun an würden nie mehr durch die Hitze geborstene Fensterscheiben herabstürzen können. Die

Kühle des Nachmittags verhinderte es mit unangebrachter Milde. Eine Bestrafung von oben blieb den Menschen erspart. Unerwartet stürzte sich lediglich ein leichter Windstoß durch die Häuserschlucht: Eine Wiedergutmachung für die von der Hitze Geschändeten. Mit der ersten Böe brökkelten kleine Inseln von den Fassaden der Patrizierhäuser ab, fielen zu Boden und blieben gleich matten Orden am Gehsteig liegen. Auszeichnungen für die Geduldigen, keiner wagte auf sie zu treten. Mehr aber gab ihnen die Straße nicht. Auch bot sie niemandem Schutz und es fanden sich keine Schlupflöcher in jenem Mantel dumpfen Gedröhns. Nichts mehr vermochten die Menschen zu hören, waren taub geworden durch die Attacken der Straße, denen sie sich ausgeliefert hatten. Und immer noch war das Zentrum der Stadt zu weit entfernt, um auch nur für einen von ihnen erreichbar zu sein.

Plötzlich *dieser* Laut: Kinderlachen, ein keckes Stakkato der Unbekümmertheit erfüllte die Straße. Da kam einer dahergesprungen: Ein Knabe, dunkelhäutig, in den Augen die funkelnde Lust, diesen Nachmittag in ein Abenteuer zu zwingen. Mit nervöser Achtlosigkeit strichen die

Passanten an ihm vorbei. Ein Südländer war er, ein 'Unberührbarer' und deshalb außerhalb jener Straßenthatergesellschaft. Und als Unperson gehörte er zu den Ungehörten, Unerhörten; mit ihm wollte keiner in Berührung kommen. Auch er war in Bewegung, auch er lief. Aber was war das für ein anderes Laufen: Hierhin und dorthin, alles war ihm Ziel und Start zugleich, behende bewegte er sich in alle Richtungen, war keiner, der dahintrottete, keiner, der an den Wänden der Häuser entlangschlich. Alles war ihm interessant und er trug die Medaillen seiner erreichten Ziele für alle erkennbar, frohlockend vor sich her, bot sie jedem an. Kurze Windstöße holten den Staub der Straße aus den Ecken der Häuser und verteilten ihn in kleinen Wirbeln über den Gehsteig.

Langsam glühten die Häuser aus. Der Übergang war vollzogen, die Krise überstanden. Nachmittagskühle beruhigte die Erhitzten, Jäger und Gejagte. Alles ging seinen Gang, nahm vielmehr seinen Lauf: Der Knabe war vor einem Gebäude stehengeblieben und betrachtete ruhig dessen Fassade. Schweigend stand er vor diesem Tempel aus Stahl und Glas, dem, wie zum Schutz gegen Unwillkommene, ein Fahnenmast hochaufragend zur Seite gepflanzt war: Ein weißgestrichener Wachtposten, der durch das metallische Klimpern seines Zugseils die Passanten mit monotonem Takt einlud, in jenes falsche Paradies einzutreten. Der Knabe aber nahm diese Aufforderung nicht an, niemals hätte er hier eintreten können. So hockte er sich der Fahnenstange gegenüber auf den Boden und lauschte dem Klappern des Zugseils, horchte auf dessen Tam, tam, tam...,Tam, tam,tam...', das allmählich mit seiner 'inneren' Melodie verschmolz. Er nahm sich also Zeit, hatte sich *seine* Zeit genommen. Still hielt er, ein kauernder Buddha der Straße, Zwie-sprache mit dem klingendem Metallmast, dessen ständig bewegtes Seil wunderbare Töne in ihm zum Schwingen brachte. Von einem nur wenig entfernten Baum löste sich langsam ein Blatt, fiel schaukelnd zu Boden und blieb unbeachtet liegen. Niemand hob es auf. Und der Knabe starrte auf die Fahnenstange, war versunken in deren melodischen Monolog, der für ihn ein Dialog, ein Gespräch war. Ja, sie hatten einander Wichtiges zu sagen. Langsam blickte das Kind an dem metallenen Wächter entlang, von unten nach oben und wieder zurück, wo sich sein Blick festfror, von wo er die an ihm Vorbeigehenden aber aus den Augenwinkeln heraus wahrnahm. Immer noch hetzten sie dahin, lächelnd nahm er es zur Kenntnis. Nach einigen Auf's und Ab's, die er seiner Neugierde gestattet hatte, schien er zu einem Ergebnis gekommen zu sein, hatte er endlich die Botschaft des Fahnenmastes verstanden. Er griff in seine Hosentasche, zog bedächtig ein buntes Taschentuch hervor, wendete es hin und her und betrachtete es von allen Seiten, so wie er vorher den Mast betrachtet hatte. Die Erfahrung seines Volkes hatten ihn gelehrt, nichts zu überstürzen, sich immer wieder nach allen Seiten hin abzusichern, gegen wölfische Feinde gerüstet zu sein, die er anzutreffen hier nicht erwartet hatte. Er erhob sich langsam und ging, das Taschentuch schwenkend, auf den Fahnenmast zu. Rasch knüpfte er einige Knoten in das Tuch, band es an das nun nicht mehr klimpernde Seil und zog dieses mit einem Ruck nach oben. Kurz nur sah er dem bunten Tuch nach, wußte ja, wie es dort oben flattern würde, hatte es schon vorher gewußt. Und er hörte erst auf zu ziehen, bis ein spürbarer Ruck des Seiles ankündigte, daß *sein* Tuch oben angekommen war. Jetzt erst war er sich seiner

Sache gewiß, ging einige Schritte rückwärts, nahm Abstand, sah hinauf, sah auf das, was er sich lange schon vorgestellt hatte. Das Vorher verschmolz mit dem Jetzt, schon war es ein Nachher: Ein buntes Flattern nur, doch weithin sichtbar für jeden. Des Knaben Tuch legte sich in den Nachmittagswind, zeigte die Richtung an, wies fortan den Weg. Ein letztes Mal erglühte die Sonne, um das im Wind flatternde Tuch zu bestrahlen. Keiner aber sah hinauf, niemand sah dieses letzte Leuchten. Längst war der Knabe aufgebrochen und hatte sich davongemacht; keiner war ihm gefolgt. Für jene aber, die die Zeichen zu erkennen gewillt waren, hatte die Zeit der Orientierungslosigkeit ein Ende. Die Propheten waren im Unrecht gewesen: Einer hatte es allen gezeigt.

JANUS

Er war gleichsam um eine Ecke
herum an der Außenwelt angebunden.
Robert Musil,
(Der Mann ohne Eigenschaften)

Als er das erste Mal zu uns stieß, wandten sich die meisten von ihm ab, ohne ihm in die Augen gesehen zu haben. Er war ein hochaufgeschossener junger Mann, der den Eindruck einer verirrten Gottesanbeterin vermittelte. An Länge überragte er uns alle, was kaum auffiel, da er während seiner Kaffeehausbesuche meist unbeweglich in seinem Sessel saß. Und sein Blinzeln hinter den dicken Brillengläsern verstärkte das Gefühl von Hilflosigkeit, das er auf uns machte.

In ländlichen Gebieten stößt man manchmal auf ein Bildnis der Jungfrau Maria, deren Herz freigelegt und brennend dargestellt wurde. Kaum jemanden verwundert es, in das derart selbstverständlich zur Schau gestellte, nackte brennende Innere der Gottesmutter sehen zu können.

Selten sprach er in unserem Kreis. Und obwohl ihn keiner hatte Zeitung lesen sehen, beeindruckte er uns manchmal mit kurzen, prägnanten Kommentaren zu aktuellen Tagesthemen. Richtig begeistern aber konnte er sich, wenn es, meist zu später Stunde, um philosophische Themen ging. Erstaunlicherweise führte er dabei souverän die Diskussion an und gab bereitwillig Antwort, wurde er von einem von uns nach seiner Meinung über 'die letzten Dinge der Welt' befragt.

Seit 1955 wird Einsteins zerstückeltes Gehirn in mit konservierender Flüssigkeit gefüllten Gläsern aufbewahrt.

Einmal stellte er uns die Frage, ob von jemandem gebraucht zu werden, seinen Ausdruck darin finden könnte, einfach nur dessen Hand zu halten, oder, sicher sein zu können, daß die von demjenigen vorbestellten Kinokarten tatsächlich an der Abendkassa bereitlägen. Solche Gefühle könne er sich jedoch, wie gesagt, nicht eingestehen, also beschränke er sich darauf, in Cafes zu sitzen und darauf zu warten, für irgendjemanden Briefmarken besorgen zu dürfen.

Das Gewohnte ist das Gewohnte. Das Gebrauchte wurde meist nicht gebraucht.

An einem jener Nachmittage, den wir, wie so oft, in einem Kaffeehaus verbrachten, war uns aufgefallen, daß er offensichtlich bereits zu viele Mokkas getrunken hatte. Auf seinem Gesicht zeigten sich rote Flecken und ohne ein Wort herauszubringen, versuchte er sich uns durch fahrige Bewegungen mitzuteilen. Wir aber saßen, einer wie der andere, wie erstarrt da. Und es war uns klar geworden, daß er mehr und mehr in die Abhängigkeit zwanghafter Kaffeehausbesuche geraten war. Unvermutet war er daraufhin aufgesprungen und grußlos gegangen. Keiner hatte ihn aufgefordert zu bleiben. Es wäre aber ein Irrtum gewesen anzunehmen, er ging geradewegs nach Hause, um, auf einer Kiste hockend, Kritzeleien an die Tapetenwand zu schmieren. Denn er war nicht in seine Wohnung gegangen, sondern vom Cafe direkt zum Bürgerspital; schon zum zweitenmal an diesem Tag. "Ist Selbstmord eigentlich strafbar?" fragte er tags darauf mitten in unser Schweigen hinein.

Je länger er an manchen Nachmittagen zu uns sprach, desto mehr verfiel er in einen dozierenden, ja, belehrenden Tonfall, sodaß wir glaubten, er zitiere sachkundig aus einem Gesetzestext. Bald aber war uns klar geworden, daß es seine eigenen. Gedanken waren, die er als wirres Stakkato auf uns niederprasseln ließ. Doch wir ließen ihn reden, ohne auf seine Worte zu hören. Nur einige von uns ließen seine Wortkaskaden nicht ohne Wirkung an sich vorbeiziehen, sondern versuchten, ihre Beziehung zu ihm zu vertiefen.

Als Spencer Tracy in jenem berühmten Film den nächtlich umherirrenden Mister Hyde darzustellen hatte, verpaßte ihm der Maskenbildner schwarzes, fettig-strähniges Haar, das Tracy bei jeder ruckhaften Bewegung, die er als Hyde auszuführen hatte, in die Stirn fiel. dadurch bekam er etwas Unstetes, Tierhaftes, das seine Verzweiflung , die er darstellte, noch deutlicher zum Ausdruck brachte.

Einmal diskutierten wir die Frage, in welchem Zustand sich jemand befinden müsse, um von ihm behaupten zu können, er sei für sich selbst nicht mehr verantwortlich. Er aber saß an diesem Tag nicht an unserem Tisch.

Tage später war er wieder einmal aufgestanden und plötzlich aus dem Lokal gestürzt, doch nicht, wie wir vermuteten, um zum Spital zu laufen, sondern um, nur wenige Straßen entfernt, in einem anderen

Cafe zu sitzen. Der Kellner aber beachtete ihn nicht.

Klaus Kinski war während der Dreharbeiten zu dem Film 'Aquirre' nahe daran gewesen, vom Regisseur Werner Herzog erschossen zu werden.

Manchmal war er der Ansicht, sich 'ins Leben hineinstürzen' zu müssen. Ins Leben, oder was er dafür hält, wie er sich ausdrückte. In Wahrheit saß er jedoch stundenlang in Cafes herum und versuchte ohne Erfolg, den Blick von den Gesichtern der Gäste zu wenden. So schien er, aufrecht in starrer Haltung, offenbar auf sich selbst zu warten, auf irgendetwas in ihm, das einer Regung gleichkäme. Denn er wollte ja die Welt nicht auf den Kopf stellen, sondern lediglich dasitzen und die auf den Kopf gestellte Welt betrachten. In den Augen der vorbeigehenden Frauen aber spiegelte sich die Verlorenheit seiner Einsamkeit wider.

Eines Abends fragte er uns unvermittelt, weshalb wir ihm nie 'richtig' zuhören.

Hin und wieder gab er uns Ratschläge fürs Leben, dazu fühle er sich berufen, meinte er. Suchte jedoch einer von uns daraufhin seine Nähe, um ein Gespräch zu beginnen, in der Annahme, er könnte ihm bei der Lösung seiner Probleme helfen, so bereute der seinen Entschluß alsbald. Es zeigte sich nämlich, daß er zwischen der Wahrheit und seinen Lügengebäuden, die er fortwährend errichtete, nicht mehr unterscheiden konnte. So glich er einem Kind, das trotzig an seinen unsinnigen Behauptungen festhält. Wirkliche Ratschläge vermochte er keinem von uns zu geben.

Unerwartet begegneten wir ihm einmal spätnachts auf der Straße. Verwirrt und verzweifelt wie er war, bestritt er heftig, nach uns gesucht zu haben. Wir hätten nur in seinen Augen zu lesen brauchen, wie sehr er unserer Hilfe bedurfte; keiner aber konnte ihm in die Augen schauen.

Eine alte Hausbesorgerin, an deren Souterrainwohnung wir oft vorbeikamen, erzählte uns später, sie habe ihn spätnachts schluchzen hören. Jedoch wir glaubten ihr nicht.

Hippokrates hatte festgestellt, daß für das Denken das Gehirn zuständig sei und nicht das Herz. Aristoteles jedoch war der Ansicht, das Gehirn diene lediglich zur Kühlung des denkenden Herzens.

Jedesmal, wenn er uns nach einer Meinungsverschiedenheit verlassen hatte, rannte er so schnell er konnte nach Hause, um sich in seinem Zimmer einzuschließen. In diesem Zustand ging er völlig in dem von ihm entworfenen Trugbild auf, ganz alleine auf der Welt zu sein und glaubte, den sich stets mehrenden Strom der Menschenmassen durch eine ungeheure Willensanstrengung ausgelöscht, und somit die 'Spirale der Evolution', wie er es nannte, zunichte gemacht zu haben. Und schließlich gab er sich der Phantasie hin, der einzige Mensch auf der Welt und nur sich selbst Rechenschaft schuldig zu sein. Ein Erwachen aus solchen Träumen gelang ihm immer seltener; zu Gesprächen war er immer weniger bereit.

Eines Tages waren wir dahintergekommen, daß er heimlich Tanzunterricht nahm. Dies stand in einem seltsamen Kontrast zu seiner Art sich zu kleiden, die aber gerade für derartige Anlässe die richtige zu sein schien.

Ungewöhnlich lange hielt er sich einmal in einem Hutgeschäft auf. Immer wieder ließ er sich vom Verkäufer die verschiedensten Modelle zeigen und genoß es, beraten zu werden. Er war nämlich der Ansicht, wie er uns sagte, die wirklich vornehmen Geschäfte der Stadt nicht ohne passenden Hut betreten zu können.

Nur noch selten kann man ältere Herren dabei beobachten, wie sie einander auf der Straße mit einem leichten Neigen des Kopfes und einem darauffolgenden, nur angedeuteten Lüften des Hutes grüßen.

Es war uns aufgefallen, daß er in letzter Zeit ganze Nachmittage lang apathisch im hintersten Winkel eines Kaffeehauses hockte, ungezählte Mokkas trank und sich demnach genauso verhielt, wie es einige von uns vorausgesagt hatten. Und erst viel später war uns klar geworden, daß er seine letzte Kraft aus den belehrenden Monologen schöpfte, mit denen er uns langweilte, die aber als wohlgemeinte Ratschläge von ihm gedacht waren. Nur mit diesen 'Reden gegen sich selbst' aber konnte er unter uns bestehen.

Inspektor Derrick hat durch seine gründlichen Recherchen immer alle geheimnisvollen Unklarheiten eines Kriminalfalls aufgedeckt. Seine keinen Widerspruch duldende Art zu sprechen, war ja bereits der erste Schritt zur Aufklärung eines Verbrechens. In seiner Wohngegend war einmal eine ältliche, wohlhabende Dame verschwunden. Gerüchte über deren grauenvollen Verbleib hielten sich lange Zeit hartnäckig.

An das Vernichtende des 'Geheimnisvollen Dunkeln' hatte er nie geglaubt. Nur vom Hellen, Grellen, das er ständig mied, ging für ihn eine ständige Bedrohung, ja, der eigentliche Anlaß zum Untergang aus.

An einem dunstig-trüben Mittag - keiner von uns war imstande das Cafe zu verlassen - berichtete er aufgeregt, nun sei er endlich hinter das Geheimnis der Doppel-Helix gekommen. Unseren Hinweis, daß dies bereits Crick und Watson gelungen war, beachtete er nicht, sondern versenkte sich still in seine mitgebrachten Skripten.

Obwohl Elias Canetti eigentlich promovierter Chemiker ist, widmet er sich gänzlich der Schriftstellerei.

Immer wieder versuchte er uns gegenüber als belehrender, kühler Kopf zu wirken. Doch er war in keiner Weise ein analytisch denkender Mensch, keiner, der durch konsequente Anwendung von Logik alles zerstören oder aufbauen hätte können. Dennoch waren wir überrascht, als er einen von uns mit weicher, melodischer Stimme, zu der nur selten fähig war, gewinnen wollte. Dabei gebrauchte er Redewendungen wie, "Du bist doch auf meiner Seite?", oder, "Wir verstehen einander so gut, als wären wir Kopien ein und desselben Menschen." Später schien er aber zu dieser einfühlsamen Art mit jemandem zu sprechen, nicht mehr fähig zu sein. Häufig bekam er Tobsuchtsanfälle, schleuderte aus geringstem Anlaß Gläser zu Boden, sprang auf und lief davon.

Als im November 1918 in Deutschland die Revolution ausbrach, lag Hitler gasvergiftet und halb erblindet im Lazarett.

Einmal hielt er mitten auf der Straße im Gehen inne. Er war sich darüber klar geworden, nun endlich eine wichtige Entscheidung treffen zu können: Jetzt auf der Stelle würde er aus einer nur für ihn lächerlichen Selbstverständlichkeit heraus, seinem Leben ein Ende bereiten und dadurch die Gewißheit erlangt haben, für seine Zukunft nichts mehr erwarten zu dürfen. Trotzdem ging er sofort weiter.

Eines Sonntagnachmittags war er bis ans andere Ende der Stadt gegangen, um sich ein Scherenschnitt-Schattentheater anzusehen. Das, so berichtete er später, erspare ihm den Blick zum nächtlichen Firmament mit seinen unzähligen Lichtpunkten.

Tatsächlich war er jedoch nicht in jenes Theater gegangen, das vermutlich nicht existierte, sondern hatte, stundenlang vor sich hinweinend, am Bahnhofsklo gesessen.

Es ist schwierig, das Leid eines Asiaten von dessen Gesicht abzulesen. Das geringschätzige Verziehen des Mundwinkels eines Theaterkritikers ist dagegen für jedermann deutlich erkennbar.

Hin und wieder erzählte er uns von seinem Großvater, der auf dem Lande lebte und gewohnt war, seine Mahlzeiten stets alleine in einem abgedunkeltem Zimmer einzunehmen. In letzter Zeit hatte er, wie er uns versicherte, dieses ihm überlieferte Ritual übernommen, ja, er klammerte sich geradezu daran und wirkte verstört, mußte er vor Zeugen essen.

Der widerwärtige alte Scroog hatte in Wahrheit niemals die Chance, einen ihn befreienden Weihnachtstraum zu träumen. Charles Dickens vermutlich ebensowenig.

Eines Tages hatten wir uns entschlossen, ein exquisites Restaurant aufzusuchen. Derartige Eskapaden erlaubte unsere Finanzlage zwar nicht, wir waren jedoch in einer derart aufgelösten Stimmung, daß wir unserer Laune nachgaben. Wie groß aber war unser Staunen, als wir, im Restaurant angekommen, ihn am besten Tisch des Hauses sitzen sahen. Gleich einem Adler im Horst saß er aufrecht da, knabberte an einer Languste und tat so, als bemerke er uns nicht.

Es läßt sich nicht genau feststellen, wieviele Menschen den Film 'Das große Fressen' gesehen haben.

Eines abends langweilte er uns mit endlosem Memorieren von mathematischen Formeln, deren Logik ihm unwiderlegbar schien. Später stellte sich heraus, daß diese Art seines endlosen Aufsagens von Formeln, nur die Folge übermäßigen Tablettenkonsums war und mit exakten wissenschaftlichen Zahlen nichts zu tun hatte. Und, nachdem er lange Zeit kein Wort mehr gesprochen hatte, antwortete er auf unsere Frage, worüber er denn grüble, daß er nun sicher sei, daß die Verständigung zwischen den Menschen nur auf der vereinbarten Übereinstimmung imaginärer Zeichen beruhe, somit ein System absoluter Instabilität und Dysharmonie sei und auf völlig mißverständlichen Grundsätzen beruhe.

Pythagoras meinte, daß die Zahl das Wesen aller Dinge sei.

Keinem von uns war es je gelungen seine Wohnung zu betreten. Entsprechend geheimnisvoll und mit mythischen Gegenständen ausgestattet, stellten wir uns seine Behausung vor, die aber in Wahrheit nur aus einem einzigen, ärmlich eingerichteten Raum bestand. Aus den Geschichten aber, die er uns hin und wieder erzählte, schlossen wir auf chaotische Zustände, die in seinem Zimmer herrschen, die aber trotzdem einer eigenwilligen Ordnung, nämlich der seinen, gehorchen.

Manche Literaturwissenschafter bringen Oscar Wildes Konflikte, die er mit sich selbst und mit den moralischen Ansprüchen der Gesellschaft seiner Zeit hatte, direkt mit seinem Werk 'Das Bildnis des Dorian Gray' in Zusammenhang.

Irgendwann erzählte er uns, einen Kohlweißling unter einem, mit der Öffnung nach unten aufgestellten Marmeladeglas gefangen gehalten zu haben. Und wie überrascht er war, nachdem er den Glassturz kurz angehoben hatte, den Schmetterling wegfliegen zu sehen, so, als wäre dieser soeben ausgeschlüpft.

Eine alte japanische Legende berichtet von einem Falter, der völlig bewegungslos an der Innenseite einer Glocke verharrt. Niemand weiß, wann die Glocke erklingen wird und keiner kennt den Zeitpunkt, zu dem der Schmetterling auffliegen wird, um nie mehr zurückzukehren.

Hätte einer von uns tatsächlich irgendwann sein Zimmer betreten, er wäre auf der Stelle einem trügerischen Wohlgefühl aufgesessen. Denn er sprach ja nie über seine Wohnung, dennoch ahnten wir durch die Art und Weise, wie er über seine Heimstatt schwieg, daß er mit seiner Behausung eng verbunden war, ja, daß er sie nahezu als einen Teil seiner selbst betrachtete. Und es war uns klar geworden, daß er aus diesem persönlichsten Umfeld jene Kraft schöpfte, um uns die Ratschläge geben zu können, die er selbst nötiger hatte als wir. Aber er gewann seine Energie auch aus den Geschichten, die er uns manchmal erzählte, die er oftmals abbrach und deren Wurzeln vermutlich in jenem Zimmer lagen, das einen Teil seines Inneren verkörperte. Er wolle sich lediglich, wie er immer wieder betonte, auf die 'eigene Wirklichkeit' zurückziehen.

Die Überlieferung erzählt von einem alten buddhistischen Kloster in Lhasa, in dessen Bibliothek in geschützten Behältern das gesammte Wissen der Menschheit auf uraltem Pergament aufgezeichnet und so als Prophezeiung festgehalten ist. Derjenige, der diese Rollen einstmals vollständig gelesen haben wird, ist, nach dem Studium der allerletzten Rolle, nach dem von ihm stumm formulierten Satz, der Auslöser des Weltunterganges, ohne sich dessen bewußt gewesen zu sein.

Keiner von uns wußte, daß er einen leiblichen Onkel hatte, der ihn allerdings nicht finanziell unterstützte, sondern nur hin und wieder wirre, einladend-ausladende Briefe schrieb. Jedesmal, wenn er einen derartigen Brief, der sein Unglück noch vertiefte, erhalten hatte, vergrub er sich für einige Tage in die Unordnung seines Zimmers. Er begann dann meist Nietzsche zu lesen, meist aber überflog er nur Comic-Hefte. Kam er dann nach einiger Zeit wieder zu uns ins Cafe, begann er noch im Stehen aus 'Also sprach Zarathustra' zu zitieren.

So ungewöhnlich Bela Lugosi als Graf Dracula im Film wirkte, in seinen Interviews hatte er nie viele Worte gebraucht. Sein Lächeln wirkte auch im persönlichen Gespräch dämonisch.

Ein Unterschied zwischen ihm und uns bestand äußerlich schon darin, daß er stets graue, unmodische Anzüge trug, deren Schnitt uns lächerlich erschien. Als einziges Zugeständnis an derzeitige Modeströmungen leistete er sich wildgemusterte Krawatten, von denen er annahm, sie seien der 'letzte Schrei'. Um diesen Effekt noch zu verstärken, verknotete er seine Krawatten auf eigentümliche Weise; er nannte das den 'Byron-Knoten', den es aber vermutlich nur in seiner Vorstellung gab.

Hans Makart (1840-1884), wurde zu seiner Zeit außerordentlich gefeiert, war jedoch im Gegensatz zu Ernst Fuchs...

Manchmal verbrachte er ganze Nachmittage damit, seine Anzughosen mit außerordentlicher Sorgfalt aufzubügeln. Ein Ende war bei dieser Tätigkeit nicht abzusehen, da ihm die Bügelfalte, die er nur recht und schlecht zustandebrachte, nie exakt genug schien, sodaß immer nur ein Hosenbein seiner Beinkleider gebügelt war. Und so hatte er immer nur dieses eine, linke Hosenbein mit einer tadellosen Bügelfalte versehen und ging, ohne sich weiters darum zu kümmern, mit einer nur halb gebügelten Hose aus dem Haus.

Manchmal saß er in einem weitab gelegenen Gasthof. Und obwohl er wußte, daß er anderswo von Freunden, also von uns, erwartet wurde, konnte er sich meist nicht dazu aufraffen, in das ihm vertraute Kaffeehaus zu gehen.

Von seinem Großvater wußte niemand etwas, von seiner Mutter ahnten wir Schlimmes.

Eines Abends begann er sich an das heimliche Anprobieren eines Modellkleides seiner Mutter zu erinnern. Er war noch ein Knabe gewesen und sein Spiegelbild, das ihm damals entgegenblickte, hat er noch deutlich vor Augen. Doch schien ihm, wie er sagte, in diesem Augenblick der Geruch, den das Kleid ausströmte, wichtiger zu sein, als sich im Spiegel zu betrachten, um zu sehen, wie er in dieser Robe wirkte. Und er entdeckte, während er das grün schillernde Kleid abstreifte, die lächerlichen körperlichen Gemeinsamkeiten mit seiner Mutter.

Im Gegensatz zu Albert Schweitzer reiste Mutter Theresa in der ganzen Welt umher.

Eines Nachmittags wechselte er spontan das Gesprächsthema - wir unterhielten uns über Marlene Dietrich - und meinte, was ihn immer wieder in Erstaunen versetze, sei die völlige Andersartigkeit des weiblichen Geschlechts. Es verblüffe ihn, daß ein menschliches Wesen derart anders ausgestattet ist, als er selbst und eben dadurch so vortrefflich für die Bedürfnisse beider Geschlechter gebaut. Und er war überzeugt, daß jene Kinder, die aus diesen Neugierden, aus diesen Sehnsüchten entstünden, mehr den Müttern gehörten, als den nur träumenden Vätern. Obwohl sich Liza Minelli des Schicksals ihrer Mutter Judy Garland bewußt war, kam sie bereits am Beginn ihrer Karriere mit Alkohol und Tabletten in Berührung. In beider Leben gab es einen Punkt, an dem sich ihre Schicksale überschnitten, ohne das Liza etwas dagegen hätte tun können.

Nachdem er schließlich als verschollen galt - sogar die Tagespresse hatte darüber berichtet - wußte keiner von uns, daß er kurz vor seinem Verschwinden einen Brief seiner Mutter erhalten hatte, dem ihr Foto beigelegt war.

Nach einigen Tagen, wir hatten die Suche nach ihm schon aufgegeben, fand ihn eine Nachbarin in seinem Zimmer wie leblos am Boden liegend; das Bild seiner Mutter in kleine Fetzen zerrissen hielt er in der Hand.

Keiner von uns hatte ihn im Krankenhaus besucht. Vermutlich hätte er das auch nicht gewollt. Wahrscheinlich aber würde er keinen von uns wiedererkannt haben, keinen von uns angehenden Rechtsanwälten, Ärzten und Immobilienmaklern.

Elias Canetti stellte in 'Masse und Macht' unmißverständlich fest, daß der Augenblick des Betretens eines Friedhofs, gleichzeitig der Augenblick der absoluten Macht dessen sei, der den Friedhof aufsucht.

Er wurde in derselben Klinik untergebracht, in die einst seine Mutter eingeliefert worden war. Jedenfalls hatte man beiden, unmittelbar nach ihrer Aufnahme den Magen ausgepumpt; dreißig Jahre lagen dazwischen.

Es ist ungewiß, ob er noch am Leben ist, das heißt, ob er immer noch zu seiner Art des Existierens verurteilt ist.

DIE SCHNECKENMUMIE

(Eine statische Reise)

Das Außen ohne Beleuchtung
von innen befindet sich
im Zustand der Dunkelheit
Ronald D Laing

PROLOG

"Man ahnt ja gar nicht, wie glücklich ich in jenen Jahren war, da ich die unerklärlichen düsteren Bücher schrieb, so glücklich, daß ich vor lauter Glück nicht schlafen konnte und vor Freude weinte."

Julien Green,
(Tagebuch 1946)

Irgendwann werde ich beginnen. Doch es wird bereits zu Ende sein, noch ehe ich angefangen haben werde. An Mut wird es mir nicht fehlen. Am Beginn kaum und am Ende umso weniger. Die Verzweiflung wird mich umklammern, aber sie wird nur eine der Umklammerungen sein, die ich gewohnt sein werde zu ertragen. Es wird am Ergebnis nichts ändern. Ich werde schließlich wieder dort sein, von wo ich aufgebrochen bin, verzweifelt und zuversichtlich zugleich.

STEHENBLEIBEN

Ich werde handeln. Endlich. Noch ist es dunkel. Es ist an der Zeit zu beginnen. Nichts wird mich aufhalten. In dieser Nacht werde ich aufstehen und mich langsam ankleiden. Es wird dies beinahe lautlos geschehen. Ich werde einen Apfel in die Manteltasche stecken und in den beginnenden Tag hinausgehen. Bereits an der Türe werde ich umkehren wollen. Trotzdem wird es ab nun nur noch Ausgänge für mich geben. Ich habe also beschlossen zu handeln. Es wird nicht leicht werden. Manches macht mich ängstlich. Ich will nicht mehr daran denken. Langsam gehe ich die Straße entlang. Alles liegt nun hinter mir. Dem Drang umzukehren werde ich widerstehen und werde trotz allem weitergehen. Ich nehme die Herausforderung an. Es wird mir nichts zustoßen. Jetzt erst erkenne ich die Stadt,die sich um mich legt. Das trübe, diffuse Licht läßt die Häuserreihen wie riesige, graue Schiffsrümpfe erscheinen. Vorne, am Ende der Straße, stellt sich mir ein seltsames Bauwerk entgegen, saugt mich förmlich zu sich heran. Und während ich rascher gehend näherkomme, ist alles klar und verständlich geworden:In der Silhouette der aufgehenden Sonne steht eine geheimnisvolle Zuckerbackwarenfabrik vor mir. Es wird schwieriger. Der Drang umzukehren und zurückzugehen, nein, zurückzulaufen, wird immer stärker. Ich mache mich bereit, einen Kampf auszutragen. Ich muß ihn gewinnen, muß also schneller gehen. Ich werde die Oberhand behalten. Nichts wird mich dazu bringen umzukehren. Die endlos aneinandergereihten Häuser links und rechts von mir, kommen scheinbar näher. Sie werden mich erdrücken. Und das wird die Strafe für mein Zaudern sein. Das Gebäude am Ende der Straße aber bedroht mich wie all die andern, die meinen Weg einengen. Ich bleibe stehen. Es fällt mir schwer, mich fortzubewegen. Irgendwie muß ich weiterkommen, auf irgendeine quälende Weise. In meinem Bauch rumort es. Giftige Gase zersetzen meine Gedärme. Langsam wandert die Fäulnis in mir hoch, füllt mich schließlich aus. Ich bin wie gelähmt. Es scheint bald aus mit mir zu sein. Nein, noch keuche ich, noch ringe ich nach Luft, ein prall gefüllter Sack, hin und her wankend, ohne von der Stelle zu kommen. Jetzt erkenne ich die Sinnlosigkeit meines Dahinstolperns. Ich darf nichts überstürzen. Jeder Schritt muß gut überlegt sein. Doch werde ich weitere Schritte gehen? Meine Erwartungen waren zu groß. Mein schweißnasser Körper ist mir bei meinen Plänen hinderlich. Als ob ich je Pläne gemacht hätte. Es muß dennoch weitergehen, irgendwie. Nur ruhig. Ja, ich werde alles in Ruhe überlegen. Wohin bin ich denn aufgebrochen? War mein Fortgehen bereits das Ziel, oder nur der erste Schritt dorthin? Ich werde mir keine Fragen mehr stellen. Ich werde nichts mehr sagen. Trotzdem werde ich weitermachen. Nur Mut! Es wird sich schließlich lohnen. Und ich werde, wenn ich angekommen sein werde, alle wichtigen Erfahrungen gemacht haben.Bald also werde ich angekommen sein. Und doch bin ich erst losgegangen. Immer noch stehe ich erschöpft da. Ab jetzt werde ich zuversichtlicher sein. Der Lohn dafür ist mir gewiß:es wird weitergehen!

> Ich werde nicht weitergehen. Hier an dieser Stelle der Straße bleibe ich stehen. Ich habe meinen Platz gefunden. Er ist so gut oder so schlecht, wie jeder andere auch. Für meinen Zweck ist er gut geeignet: alle werden an mir vorbeigehen. Ich

aber werde sie nicht wahrnehmen. Der kantige Straßenschotter, auf dem ich stehe, verhindert, daß ich ermüde. Der stürmische Regen ist mir zum Freund geworden. Ich erwarte nichts mehr. Jene indessen, die mich dereinst fortschaffen wollen, werden leichtes Spiel haben:sie werden mir dabei nicht in die Augen sehen müssen. Ich bin dann bereits kalt und wehrlos, faulig stinkend, doch äußerlich sauber und handlich. Es gibt kein Zurück für mich. Hier werde ich für immer stehen, ohne jeden Gedanken und nichts mehr erwartend. <

ZÄSUR 1

Er wird es auf diese Weise nicht schaffen. Nicht mit dieser Einstellung, nicht mit dieser Verstellung sich selbst gegenüber. Welche Anmaßung, sich derart zu quälen, um nach scheinbaren Auswegen zu suchen! Er hat kein Konzept, das ist für ihn entscheidend. Er vertraut auf seine müden Knochen, die bereits verfaulen. Es wird für ihn alles hoffnungslos sein. Für immer. Es sollte enden. Er sollte aufhören. Mit allem! Woran klammert er sich denn noch? Hat er irgendeine Chance, Endpunkt einer anthropologischen Entwicklung zu werden, die nicht vorhersehbar ist? Oder glaubt er der allerletzte Leichnam, der noch zu stammeln imstande ist, zu sein? Wird er sich dennoch beirren lassen und weitermachen? Vielleicht aber wird er sich vor sich selbst schützen können, vor der Qual, lieben zu müssen, vor der Angst, letztlich doch zu überleben. Er sollte diese Dinge in Angriff nehmen und endlich solide Pläne machen. Etwa, sich vorzunehmen ins Weltall zu furzen. Der Effekt käme seinen erreichbaren Zielen sehr nahe. Geduld. Bald wird es aus sein mit ihm. Aber er wird nicht aufgeben wollen. Hoffnung. Niemand spricht von Hoffnung, gottseidank.

HINWÜNSCHEN

Vergeblich kämpfe ich gegen jene dumpfen Gedanken, die sich mir in den Weg stellen, an. Zu lange schon habe ich in mich hineingehorcht. Das Kollern in meinen Gedärmen ist mir vertraut geworden. Ich stehe aufrecht, immer noch: Ein Telegrafenmast des Eigensinns. Doch ich habe mich unterschätzt. Unentwegt biete ich mir selbst Auswege an, die nur Ausflüchte sind. Dennoch werde ich mich für eine Variante des Flüchtens entscheiden müssen. Vermutlich gibt es nur diese eine für mich, nämlich fortwährend Pläne schmiedend hier zu verharren. Das entspräche sosehr meiner Haltung. Ich klammere mich also von innen heraus an mir fest, denn seit einiger Zeit ist eine nie gekannte Gelöstheit in mir, die ich behutsam zu bewahren suche. Endlich habe ich eine Freiheit für mich entdeckt: Die Freiheit des Flüchtens und des gleichzeitigen Hierbleibens, die Freiheit, zu jeder Zeit an jedem Ort sein zu können. Und die Freiheit, einfach die Augen zu schließen, um sich überall hinwünschen zu können. Dort auch anzukommen, erleichtert und erstaunt mich zugleich. Denn wie sehen jene Orte, an die ich von mir selbst hingewünscht werde, aus? Es sind dunkle Gänge, einsame Säle und modrige Zimmer. Zerschlissene Vorhänge verhindern den Blick nach draußen. Hinter mit Tränen verklebten Tapeten wächst Schimmel. Doch fort von hier! Ich bin zuversichtlich! Unerwartet und gegen meine Pläne bin ich zuversichtlich. Und ich werde den Durchbruch schaffen, indem ich mir die erträumten Orte lediglich vorstelle: Ich werde also die Augen schließen und schon werde ich angekommen sein. Und ich werde 'dort' sein, aber nicht dabei. Völlig unverbindlich. Selbst Orte, an denen ich mich noch nie aufgehalten habe, die ich niemals gesehen habe, werden sich mir erschließen. Und ich werde alles versuchen, um 'dorthin' zu gelangen: Ich nehme also meine ganze Kraft, die mir geblieben ist, zusammen und wünsche mich weit hinauf in die klare Unendlichkeit des Himmels. Unerwartet finde ich mich stahlnadelgleich auf der Spitze eines Blitzes wieder und verglühe bereits zu Himmelslava, noch ehe ich den nächsten Wunschort erdacht habe. Sodann stelle ich mir vor, am Berg Golgatha zu stehen, ohne dabei an ein Kreuz zu denken, sondern nur stumm dort oben zu wachen und zu warten, mich schließlich abzuwenden, um meine Tränen zu verbergen. Oder ich wünsche mich ins Geäst jenes alten Nußbaumes, in dessen Krone ich als Kind oftmals saß und dabei heimlich das Treiben unter mir beobachtete. Auch könnte ich mich, ohne auf Hindernisse zu stoßen, sofort ins Schlaraffenland begeben. Alle meine Wünsche würden dort erfüllt werden, bis die Demut langsam an meinem zerfallendem Kadaver emporkröche. Sogleich wünschte ich mich dann ins 'Land meiner Träume':Derart unfaßbar wäre aber dieser Ort, sodaß ich erblindete, noch ehe ich ihn erblickt hätte. Schließlich aber würde ich durch mein Wünschen in jenem Haus ankommen, das ich zaghaft mein eigenes nennen könnte. Auch dieser Wunsch hätte fatale Folgen: Kaum daß ich es betreten hätte, würde es vor meinen Augen niederbrennen. Und zurück bliebe nur meine Sehnsucht nach Geborgenheit. Mit tränenden Augen stünde ich da und würde in den Feuerqualm starren. Es bliebe mir dann nur noch die Möglichkeit, in die Tiefe der Meere einzutauchen, um an deren Grunde für immer zu versteinern. Wahrscheinlich aber werde ich mich verzagt in die finsterste Erdenhöhle wünschen und auf ein tröstendes

Wort hoffen, das niemals bis zu mir herabdringen wird. Denn ich werde in der kalten Erde von allem abgeschirmt, somit lebendig begraben sein und künftig nichts mehr an meinem Zustand verändern wollen. Und doch sind mir alle Möglichkeiten an Wünschen offengestanden. Vielleicht aber werde ich eben dadurch an den Orten meiner Sehnsucht ankommen:In den Gängen der geheimen Zuckerbackwarenfabrik, oder auch nur in den Ganglien meiner glucksenden Gedärme. Demnach werde ich mir wieder etwas vorgemacht haben: denn lange schon werde ich dann für immer stehengeblieben sein.

> Immer noch stehe ich aufrecht an jener Straße, stehe auf kantigem Kies und erwarte nichts mehr. Seit langem schon bin ich nicht einmal mehr scheinbar in Bewegung. Ich mache mir nun nichts mehr vor, schmiede keine Pläne mehr. Endlich bin ich an dieser Straße angelangt. Nun ist es nicht mehr notwendig, Umwege in Kauf nehmen zu müssen, oder etwas Neues entdecken zu wollen. Und alle sind sie an mir vorbeigerannt. Noch kann ich ja einiges um mich erkennen. Ich habe mich dazu entschlossen, meine Organe 'richtig' zu

gebrauchen:fest stehe ich auf meinen beiden Beinen, ohne auf meine Gedärme zu hören. Ich habe endlich den richtigen Ort für mich gefunden. Das Weitersuchen lohnt sich nicht mehr. <

Ab jetzt werde ich mir neue Aufgaben stellen, sehe bereits ein neues Ziel vor mir, einen neuen Ort, der mich erwartet: Ich stehe inmitten eines Feldes, giftig liegt Nebel über allem. Erschöpft atme ich grauen Dunst ein. Die Kälte sticht mir Erinnerungen in die Lunge. Auf dem Felde knie ich nun nieder, rutsche auf den Knien auf eine Mulde zu, kauere mich erleichtert in kühle, tröstende Erde. Kein Laut ist zu hören, keine Stimme zu vernehmen. Es wird kälter. Ich habe verloren. Bewegungslosigkeit. Nichts mehr, was mir durch den Kopf ginge. Nur die Kälte bleibt mir.

ZÄSUR 2

Er ist unbelehrbar und bleibt in seinem alten Gleis. Seine Verblödung hat jedoch Fortschritte gemacht. Immer wieder versucht er sich selbst zu überlisten: Als Zauberlehrling des von ihm selbst konstruierten Tatendranges, als mystischer Reisender zwischen Küchenschabenritzen, als 'Sehender' in finsteren Gängen. Er möchte das alles wieder in den Griff bekommen, wie töricht! Als suchender Fäkalienstierer kriecht er durch alle Müllhaufen, bohrt sich in alles Faulige. Seine Erstarrung aber ist nur jämmerliches Theater, ein vor sich selbst inszenierter ewiger Aktschluß. Vermutlich wird es noch soweit mit ihm kommen, daß er schluchzend in die nächstgelegene Kirche eilt, um zwischen den kalten Sitzbänken seine kranke Blase zu entleeren. Aber er wird auch das nicht schaffen. Man sollte sich abwenden. Es gibt nichts mehr zu sehen. Er hat das Taj Mahal ja auch nicht gesehen. So aber hätte er vielleicht gerettet werden können: Nur einen Augenblick lang vor dem Taj Mahal knien und sich in einen Zitronenfalter zu verlieben. Er das alles versäumt. Nun ist es zu spät. Gehen wir, seine Orte sind nicht die unsern.

AUSFÜLLEN

Wieder habe ich vergeblich gehofft auf .., aber nichts von dem, was ich erwartet habe, ist eingetreten. Den richtigen Weg zu finden, der sich schließlich als Ausweg erwies, war nicht leicht. Nun geht es mir besser: Ich habe mich in das Glück einfach hineingedacht, habe es mir frevlerisch erzwungen. Jetzt bin ich also mittendrin im Glück: Ich schließe die Augen, höre ein Murmeln und Wispern jenseits einer von mir erdachten Wand. Wie hinter Milchglasscheiben bewegen sich Schatten hin und her. Keiner ist zu erkennen, kein deutliches, tröstendes Wort dringt zu mir durch. Niemand spricht vom Glück, nichts davon ist zu vernehmen. Meine Augen halte ich geschlossen. Und ich werde mich dazu zwingen, sie nicht mehr zu öffnen. Damals, in der Erdhöhle, hatte ich es besser. Die war zwar kein Ausweg für mich, aber zumindest ein Platz der Geborgenheit, an dem ich mich hoffnungsvoll einrichten konnte.

Doch ich werde meine Gedanken im Zaum halten, werde mir nicht mehr erlauben, über all das nachzudenken. Keine Gebäude mehr, keine Höhlen mehr, nichts mehr! Und meine Augen halte ich, wie gesagt, fest geschlossen.

> Ich würde es nicht ertragen, könnte ich unvermutet die nasse, kiesbestreute Straße sehen, an der ich stehe. Auch vermeide ich es, den kalten Wind zu spüren, der mir den Atem nimmt. So bleibt mir nur die Kälte, die ich leugne, der Wind, den ich nicht wahrnehme und die Gesellschaft eines Wurms, der, von keiner Sonne geblendet, am Rande der Straße zwischen den Kieseln kriecht. Aber auch er wird sich bald davonmachen, um mir nicht Gesellschaft leisten zu müssen. Vermutlich habe ich ihn niemals gesehen. Dennoch werde *ich* hier stehenbleiben, denn das Gehen verschafft mir keine Erleichterung mehr. Und ich werde mir das Bein abhacken. Es wird für mich leichter sein, auf einem zu stehen. Das zweite wird mich nicht mehr behindern. Endlich werde ich gezwungen sein, stehenzubleiben. Gleich einem einsamen Mast bleibe ich da stehen, wo ich immer schon stand, rings um mich nur eisiger Wind und hin und wieder ein leichtes Nieseln. Der Wind umhüllt mich und ich stecke inmitten seiner atmenden Spirale. Vielleicht daß er imstande wäre, mich

von hier wegzuschieben. Aber ich bleibe, ich bleibe, blind und einbeinig. <

Noch sind meine Augen geschlossen. Erinnerungen ziehen vorbei. Nun habe ich Gewißheit: mein System funktioniert, meine Herausforderung wurde angenommen. Ja, ich habe die Geschehnisse, die sich um mich legen und an mir kleben, selbst verursacht. Denn so wie mich der Wind als atmende Röhre umschließt, so habe ich die Plätze, an denen ich einst war, ausgehöhlt. Durch mein Sein habe ich einen ewigen Kanal in der Welt geschaffen, höhlte die Wege, die ich ging aus, höhlte den Erdkreis aus. So hat meine einstmals bewegte Existenz einen Teil des Universums durchlöchert. Und ich habe ein Anrecht auf diese meine Wege, denn nur in den Abdrücken meiner ergangenen Pfade werde ich mich wiederfinden. Sie sind die archaischen Kuchenformen kindlichen Glücks, in denen ich vage die Abenteuer meiner Vergangenheit erkenne. Mir aber bleibt keine Wahl: es wird keine Rückkehr geben. Die Wege, die Höhlengänge sind festgelegte Gußformen, sind Verpflichtungen für mich, ungeahnte Paradiese in einer hoffnungsvollen Zukunft zu erwarten. Somit sind sie die Sklaventreiber meines Handelns. Und es wird weitergehen: die kiesbestreuten Straßen werden endgültig der Vergangenheit angehören. Ich werde nie mehr auf ihnen stehen müssen, werde nie mehr den kalten Winden ausgesetzt sein. Und niemals mehr werde ich die Bäume jener Straße zählen müssen; immer wieder zählte ich sie, um ganz sicher sein zu können, endlich angekommen zu sein. Die Befreiung ist mir geglückt. Es scheint, daß ich nun weniger einem Mast, denn einem Wurm gleiche. Doch das erstaunt mich nicht. Es ist eine Erklärung für vieles, das in mir ruht. Aber was besagt das schon? Was könnte ich, der ich mich immer schon kriechend fortbewegte, damit erklären? Jetzt aber verstehe ich die Erklärungen, die ich mir fortwährend gab, die ich glaubte mir schuldig zu sein: Jene Straßen und Plätze, die ich bisher be-schritten habe, sind mein Rückhalt, die Erinnerung an sie mein triumphales Kapital. Denn nur in den von mir gezogenen Bahnen, in den von mir durchkrochenen Körpertunnels, werde ich fortan existieren können. So bin ich zum Wurm geworden, der seine eigene Lebensröhre hinterläßt. Ich bin also imstande, etwas zurückzulassen; es werden Spuren von mir bleiben. Diese Möglichkeit aber habe ich nie bedacht. Mein System wird dennoch nicht funktionieren: Die Straßen und Pfade, an denen ich einst war, habe ich vergessen. Die Spuren meiner vergangenen Existenz sind nur noch bruchstückhaft. Nur die schmalen Wege, die ich einst leichtfüßig dahinsprang, sind klar bezeichnet und werden, als eingebrannter Code des Glücks, immer erkennbar bleiben.

> Hier stehe ich an der kalten Landstraße mit ihren Bäumen, die ich in meiner Einfalt so oft zählte. Und ich liebe diese Straße, an deren Rand ich frierend aufrage und die ich schlotternd anbete. An diesem kalten Band treffe ich auf den Wind, der mich umklammert und der mich einstmals gegangene Wege vergessen läßt. Er gibt mir den Spielraum, mich zaghaft weiterbewegen zu können; habe ich doch kaum einige Schritte gewagt. Aber auch das ist eine von mir konstruierte Lüge, denn in Wahrheit bin ich lange schon stehengeblieben, habe mich nie von hier fortbewegt. Deshalb liebe ich die Straße: wegen der Sanktion stehenbleiben zu müssen. Die Straße hat mich ja aufgenommen und gewährt mir Asyl. Ich werde also weiterhin

dem Regen trotzen, werde beharrlich immerfort stehenbleiben. <

Ohne mir dessen bewußt zu sein, habe ich große Verantwortung auf mich genommen: Ich scheine eine neue Zeit eingeleitet zu haben, besser, die alte zum Stillstehen gezwungen zu haben. Folglich wird es nur noch meine Wege, wird es nur noch die von mir durchkrochenen Wege geben. Und für andere, sollten sie in meine Nähe kommen, wird lediglich der von mir, der von meinem Wurmdasein hinterlassene Tunnelweg bleiben. So wird niemals einer andere Wege, als die von mir beschrittenen, von mir durchkrochenen, einschlagen können. Selbst wenn einige wenige ihre eigenen Wege gehen wollten, wenn sie ihr starker Wille dazu scheinbar befähigte, sich gegen meine Lebensbahnen durchzusetzen, müßten sie sich letztlich doch meinen Erdlöchern fügen, müßten sich demütig in die von mir vorgegebenen Schlammritzen ducken und könnten lediglich, gleich Maden, weiterkriechen, um immer weiter ins Dunkel ihrer Ungewißheit zu gelangen. Dann jedoch werde ich meinen Vorsatz, den Weg sorgfältig zu wählen, längst vergessen haben. Vermutlich wird dann keiner mehr da sein, der mir nachzufolgen imstande wäre. Nur ich selbst werde unentwegt in den von mir vorgezeichneten, ausgetretenen Pfaden durch den Schlamm waten und mir bewußt geworden sein, bereits alle von mir erdachten Wege beschritten zu haben. Folglich werde ich mich nicht mehr bewegen und nichts mehr wiederholen.

> Aufrecht und ungebrochen stehe ich an der Straße und erwarte nichts mehr. Meinen Endpunkt habe ich nun scheinbar gefunden. Der eisige Wind stört mich nicht; ein leichtes Nieseln verschafft mir zusätzliche Kühlung. Fest und sicher stehe ich mit einem Bein auf der Erde. Es ist mir zum Strunk geworden, hilfreich dabei, hier verwurzelt zu bleiben. Und jetzt ist es an der Zeit darauf zu hoffen, hierbleiben zu können. Hier auf dem Kies zu stehen, zwischen Bäumen zu warten, wissend, daß nichts mehr kommen wird. Ich bleibe also. Niemand wird mich zu dieser Entscheidung beglückwünschen müssen. Es ist keiner da, der dazu imstande wäre. Ich bleibe, das genügt. Alle von hier wegführenden Wege habe ich vergessen. Ich bin *hier*. <

ZÄSUR 3

Jetzt macht er es sich wirklich zu leicht: Ein ganzes Weltmodell zu entwickeln, nur um sich sein Scheitern nicht eingestehen zu müssen! Er sollte endlich den Blick von sich wenden, sollte endlich aufschauen, sollte hinauf zum Firmament schauen. Doch würde für ihn der Himmel aufgerissen werden, fiele dieses blaue Tuch auseinander und er könnte nichts dahinter erkennen: Er würde keine Sterne sehen, keine schillernden Kaleidoskope, nur Finsternis. Man sollte ihm deshalb den Arsch aufreißen und nicht den Himmel für ihn. Und man sollte nichts mehr tun für ihn. Verdattert steht er da und versucht seine Existenz auf einem Märchen aufzubauen, auf einem obskuren Modell einer nur von ihm begangenen, nur von ihm durchkrochenen Welt. Er versucht dieses Gedankengebäude als Rettungsanker zu benützen, es als Notausgang für sich erstehen zu lassen, nur um sich nicht eingestehen zu müssen, unfähig zu sein, links oder rechts vom Weg abzuweichen. Und jenes von ihm nur für sich zugeschnittene Weltmodell will er als Sprungtuch seiner Sehnsüchte aufspannen. Die Welt aber ist keine Gallerte, durch die ausschließlich er seine Bahnen ziehen kann, in der nur er seine Spuren hinterlassen würde. Er gliche dann ja einer Trichine, die sich in ihre eigenen Eingeweide frißt, die durch die Bohrgänge ihres Gehirns zu ihren Ursprüngen gelangt. Doch wieder hat er geirrt: Er wird sich nie mehr bewegen können, wird nicht einmal dazu imstande sein, sich durch sein eigenes Fleisch zu bohren. Und so wird er sein Eingeschlossensein zu erdulden haben: Starr, in sich selbst begraben daliegend, eine tote Made im eigenen Speck. Keiner aber wird ihn finden, keiner.

HINABKRIECHEN

Von nun an werde ich jede mir selbst auferlegte Verantwortung abschütteln. Für mich sind andere Dinge wichtig geworden: Zum Beispiel, endlich weiterzukommen. Ich werde also aufbrechen und den Kampf wieder aufnehmen. Nicht der kalte Wind veranlaßt mich dazu; ich breche auf, nichts sonst. Auch bin ich nicht mehr ungeduldig. Irgendwo wird sich ein Unterschlupf für mich finden, denn ich bin der geborene Tunnelbewohner. Ich werde also künftig mehr Vertrauen in meine Fähigkeiten haben. Und meine Füße werden nicht mehr schmerzen. In der Erde wird es warm sein; schon frohlocke ich. Noch aber bin ich nicht im Geborgenen, noch sind einige, wenige Schritte zu tun. Ich werde sie gehen. Und fortan meine mir vertrauten Fähigkeiten nutzen. Es wird das alles rasch geschehen: Schon bin ich angekommen und befinde mich in kellerartigen Gewölben. Die Stille hier ist Labsal gegen meine Ängste. Nur in meinen Ohren klingt es ein wenig. Ich darf nicht stehenbleiben. Dieser Keller ist nur ein Anfang. Es wird weitergehen. Es muß weitergehen! Endlich habe ich alle Türen hinter mir geschlossen. Die Dunkelheit wird mich nicht daran hindern, weiterzukommen. Ich werde behutsam aber zuversichtlich Schritt vor Schritt setzen. Vielleicht dabei auch Schmerzen zu erdulden haben. Dieses Tempo bin ich nicht gewohnt. Ich sollte nicht so überstürzt handeln, sollte mich nicht so rasch entschieden haben, weiterzumachen.

Ich werde nicht zurückgehen! Ich würde den Ausgang nicht mehr finden. Der Weg vor mir wird breiter. Ich orientiere mich souverän in meiner erdigen Finsternis. Ja, ich erahne meinen Weg. Und ich dränge meine vorsichtige Umsicht mit jedem weiteren Schritt, den ich in die Finsternis gehe, beiseite. Gegen meinen Willen gehe ich nun schneller, schieben sich meine erfrorenen Füße rascher über den erdigen Boden; ein seltsames Echo des Schlurfens, Stille sonst. Ich werde auf der Hut sein. Kalte Luft bläst mir in die starr geweiteten Augen. Noch den geringsten Laut versuchen meine kranken Ohren aufzunehmen. Und mein Stöhnen hallt von den Wänden ringsum. Ich habe es geschafft: Vor mir öffnet sich ein riesiger Dom; endlich bin ich angekommen. Vor Glück beginne ich zu weinen. Der Widerhall meines Schluchzens hüllt mich ein.

Doch wieder habe ich mich getäuscht. Ja, ich ha-be mich selbst getäuscht: niemals hat es hier einen Dom gegeben.

> Ich stehe an jener mir vertrauten Straße: an der nassen Kiesstraße. Und immer noch weine ich. <

Noch ist nichts verloren. Eine letzte Anstrengung: ich werde weitergehen, werde mich zumindest in den lehmigen Schlünden vorwärtsschieben. Schon bewege ich mich, komme gut voran. Asseln fallen auf mich herab, kriechen in die Falten meiner Kleider, meiner Haut. Sogleich werden sie mir zu Freunden und weisen mir den Asselweg. Zuversichtlich höre ich auf die Einflüsterungen blinder Insekten. Nur weiter, weiter! Meine Arme schleudere ich hoch, schlage um mich, springe beinahe bis zur Decke, renne vorwärts. Es geht tatsächlich weiter. Ich werde noch Augen machen und über mich staunen: auf meinen kalten, wunden Beinen komme ich dennoch gut voran. Schließlich werde ich mit meinen Asselfreunden , die in den Falten meiner Kleider nisten, doch noch etwas vorzuweisen haben. Und bald werde ich angekommen sein. Vielleicht werde ich, anfangs nur zögernd, doch dann umso behender, auf meinem Wege sogar Leitern benützen. Auch habe ich, abgelenkt durch mein Laufen, noch nicht darüber nachgedacht, ob es hier unten noch andere Wege, noch weitere Tunnels gibt. Der große Dom aber, von dem nicht gewiß ist, ob er existiert, liegt weit hinter mir. Jetzt nicht lockerlassen! Weitermachen, weitergehen, weiterstolpern, nur weiter, weiter! Nun stelle ich nichts mehr in Frage: jeder Weg, den ich begehen werde, wird für mich der richtige sein. Und ich habe kein Recht, über andere Wege nachzudenken; daß ich auf Leitern rascher vorwärtskäme, habe ich längst vergessen. Außer den Asseln kreuzen Würmer und Ratten meinen Weg-alles Freunde, Freunde! Doch mit meiner lähmenden Zuversicht werde ich nirgends hinkommen, werde niemals ankommen. Also beginne ich nach Luken und Ausstiegen zu suchen; hätte ich doch die Leitern nicht mißachtet! Ich betaste das Erdreich, die felsigen Wände. Noch mehr Asseln. Sie fallen mir in die Augen, in meinen Mund. Ich verständige mich recht gut mit ihnen: schon beherrsche ich die Asselsprache, kann die Rattensprache, auch die Erdsprache und die Sprache der Kiesel.

> An der Kieselstraße stehend, verstehe ich nichts von Erde und nichts von Kieseln. Und niemals habe ich mich von der Straße entfernt. Meine Pole befinden sich immer noch am alten Platz. Das Sprechen würde alles zerstören. Denn noch besteht für mich die Ordnung der Kälte, der Nässe und des Schweigens. <

Längst habe ich die Suche nach Leitern aufgegeben. Um vorwärtszukommen, schiebe ich mich wälzend durch die Gänge. Feuchte, stickige Erde umhüllt mich, quillt in meine Körperöffnungen. Die Asseln sind längst von mir abgefallen. Nun lasse ich mich von modernden Erdklumpen küssen, lasse es zu, daß deren kühle Brisen mein Gesicht streifen. Das alles sind nur Tröstungen; auch hier werde ich nicht bleiben können. Und ich werde mir verbieten, nur um weiter im Erdschlamm kriechen zu können, hier zu bleiben.

> Bewegungslos stehe ich an der kühlen Straße: stumm beginne ich mich im Regen auszukleiden. Niemand wird davon erfahren. Ich aber werde darüber schweigen. Es wird keine Schwierigkeiten geben.

Ich werde endlich Ruhe finden. Der Regen
rieselt an mir herab. Wohlige Schauer ge-
hen über meinen erkalteten Körper hin-
weg, doch ich beginne, die Kälte zu lieben.
Noch habe ich mit keinem darüber gespro-
chen. Es ist gut so. Ich vermeine Stimmen
zu hören. Kommt jemand, zu dem ich
sprechen könnte? Es war wohl meine eige-
ne Stimme, die ich hörte. Ab jetzt bleibe
ich stumm. Ich höre keine Stimmen mehr,
höre nichts mehr. <

Hier unten im Erdreich habe ich die
Sprachlosigkeit erlernt. Ich habe sie mir
auferlegt, habe demnach meine Sprach-
verdammnis selbst hervorgerufen. Trotz-
dem werde ich durchhalten. Ich habe kein
Anrecht auf Hilfe. Vieles ist nun deutli-
cher erkennbar, denn ich habe Abstand zu
den Dingen gewonnen, bin auch müde
geworden. Nur meine Augen tränen. Ob-
wohl ich friere, werde ich bleiben. Ob in
den erdigen Höhlen kriechend, oder an
stürmischen Straßen wankend: ich bleibe!
Es ist sinnlos bleiben zu wollen. Ich werde
neue Wege gehen müssen. Die ausgetrete-
ne Erde ist alt geworden. Sie hat als verhei-
ßungsvoller Weg ausgedient. Nichts mehr
ist an seinem Platz. Die Funktion der Wege

und Gänge ist für mich irrelevant geworden. Denn ich bin mir nicht gewiß, noch immer im erdigen Bauch von Höhlen zu sein. Langsam fährt meine Hand mir übers Gesicht. Sie scheint diese Bewegung erst erlernen zu müssen. Ich habe ja keine Erfahrung im Anlernen von Händen und verstehe die Händesprache nicht. Und weder die Bewegungen der Grobheit, noch jene der Zärtlichkeit bin ich imstande, diesen Mitgliedern meines Körpers zu vermitteln. Wie also sie in die 'richtige' Position bringen, wie, sie die nötigen Bewegungen lehren?

Und doch streicht meine Hand immer wieder über meine Haut, über mein Gesicht, über meine wunden Beine. Behutsam , mit den Fingerspitzen sich herantastend, erforscht sie meine Körperlandschaft. Nun wage ich mehr: langsam, vorsichtig streiche ich mir über den nackten Oberkörper, spüre Erhebungen, spüre den leichten Widerstand von Härchen und Schrunden. So erlerne ich die Hautsprache. Stumm nehme ich mein eigenes Pulsieren war.

> Mit geschlossenen Augen stehe ich trotzig an der windigen Regenstraße. Fest

ist mein geschundener Körper in der regennassen Kiesstraße verpflanzt. <

Gleich einem Echo rauscht es rings um mich, das jene Botschaften, die ich aussende, zu mir zurückträgt. Der Kreis hat sich geschlossen: mein Körper vermag sein eigenes Echo in sich aufzunehmen. Die erdige Masse, in die ich immer noch eingebettet bin, hat ihre Aufgabe erfüllt: Sie hat das Echo meines Körpers an mich zurückgegeben. Mein stummes Sprechen habe ich also wiedererlangt. Nun kann ich mich wieder orientieren und werde mich bewegen können. Ab jetzt wird es rasch vorangehen. Nur Mut! Zumindest werde ich in der Lage sein, meine Hände zu gebrauchen, um weiterzukommen. Und immer wieder werde ich mit den Händen mein Gesicht berühren: ähnlich einer Moluske lasse ich meine Hand Zentimeter um Zentimeter mein Gesicht durchwandern, ohne daß sie dabei Spuren hinterläßt. Ich erlernte ja die Händesprache und habe alles verstanden: Die Funktion meiner Hände, das Pulsieren meines Körpers, die Wetterumschwünge in der Landschaft meines Gesichts. Es ist gut. Es kann mir nichts mehr zustoßen. Ich bin in Sicherheit. Mein Gesicht hat es mich mittels meiner tastenden Hände wissen lassen. Die Hügel meiner Gesichtslandschaft aber sind wie ein Brei, aus dem ich mich vergeblich zu befreien versuche, um nicht darin zu ersticken. Noch aber atme ich frei. Es wird weitergehen. Es werden sich andere Gebirge vor mir aufrichten. Später vielleicht.

ZÄSUR 4

Niemals hat er auch nur einen Augenblick an die Existenz geheimnisvoller Höhlenzeichnungen gedacht. Irgendwo dort unten wären sie an den Wänden zu finden gewesen. Einige hat er wohl selbst angefertigt, ohne sich dessen bewußt zu sein. Vermutlich hat er beim Graben im erdigen Tegel seine Hoffnungen in die Arbeit seiner kratzenden Fingernägel gelegt. Er vermeinte ja die Händesprache zu verstehen; seine Finger brauchten dann nur noch den Rest zu erledigen. So aber haben sie ihn erledigt: Er hätte seine Felszeichnungen, wäre er auf sie gestoßen, nicht wiedererkannt. Stattdessen lauschte er auf das Rumoren in seinen Gedärmen. Und tastete seinen Bauch, so wie er sich durch den Schlamm getastet hatte, nach Blähungen ab; suchte nach fremden Organen in seinem Innern. Beklagte er gar das Fehlen einer Gebärmutter? Fingerte er irritiert nach einer imaginären Vagina? Vermutlich aber war er bereits eins geworden mit dem Schlamm, hatte dessen Form und dessen Farbe angenommen. Mit geschlossenen Augen war er nicht in der Lage zu erkennen, daß er lediglich ein Abziehbild seiner Umgebung geworden war. Ein Spiegelbild der düsteren Gänge, durch die er kriecht. Er wird aus den Gängen nicht mehr herausfinden. Selbst dann nicht, wenn er, mehr durch Zufall, als durch verzweifelte Suche, doch noch auf eine seiner Höhlenzeichnungen stößt. Fände er sie dennoch, wäre das nur ein Beweis dafür, daß er ständig im Kreis gekrochen war. Er wird jedoch auch das nicht merken. Er ist lediglich ein verfaulender Klumpen, der sich nicht mehr zurechtfindet. Und es wird ihm niemand zu Hilfe kommen. Niemand.

DURCHFRESSEN

Ich werde fortan meine Nase gebrauchen. Wie kalt und dumpf war sie so lange Zeit. Nun kann ich frei atmen, sauge die muffige Höhlenluft ein und versuche noch andere als Erdgerüche aufzunehmen. Den Asselgestank kenne ich bereits. Plötzlich atme ich Zimtdüfte ein, süß, holzig, verführerisch. Und ich bin mir sicher: es wird geschehen. Alles was ich rieche, spüre und schmecke, wird zur Wirklichkeit werden. Der süße Duft von Zimt, Schokolade und Grießbrei weist mir den Weg. Ich wanke forwärts: Am Fuße eines Hügels angekommen, schlage ich meine Zähne in die Hügelwand, schmecke breiig-Süßes. Endlich: Grießberge, Schokoladentürme, Zukkerblumen! Ich fresse und fresse, bin der blind mampfende Wurm und stecke tief im süßen Grießberg,.der mich umhüllend in Besitz genommen hat. Nun also gehöre ich dem Süßem. Alles ist so einfach geworden: ich werde mich eben durchbeißen, werde den Mund ständig voll Süßbrei haben, werde mit dem Hinunterschlucken all des Süßen kaum nachkommen. Es wird funktionieren. Ich werde es durchstehen. Ja, ich werde es sogar genießen. Und, am

Ziel angekommen - irgendwo hinter dem Hügel - werde ich mich schließlich übergeben, werde das Süße aus mir herausspeien. Dann wird alles sauber sein: Mein Inneres und mein Äußeres werden wieder makellos präsentiert werden können. Ich werde wieder etwas vorzuzeigen haben; doch es wird nicht leicht für mich sein. Es wird mir schwerfallen, denn immer schon habe ich das faulig-Süße mit mir herumgetragen. Somit fresse ich lediglich das, was immer schon in mir war. Den Ort dieses Fressens habe ich ja nie verlassen.

> Niemals habe ich den nassen Straßenplatz verlassen: immer noch kalter Kies unter mir, welch Labsal! Ich stehe hier und ich werde bleiben; ja, ich bleibe auf der Straße. <

Milch und Honig fließen hier. Und Wein und Schnaps. Wohin ich mich auch wende, überall nur Trinkbares, Eßbares! Ich stekke inmitten lukullischer Verführungen: Mit zarten Omelettes gedeckte Häuser, deren Türen aus Lebkuchen, deren Wände aus feinster Schokolade beschaffen sind. Und ich bestaune diese Architektur, die eine einzige Einladung zum Fressen, eine zwingende Aufforderung, das alles zu verschlingen, darstellt. Den Häusern vorgelagert stehen Zäune aus Schweinskoteletten, in kleinen Gärten ragen Blumen aus Zuckerguß und Marzipan auf. Und auf den Bäumen wächst feinstes Gebäck. Still sitzen gebratene Tauben in den Baumkronen, als wären sie den Träumen meiner Kindheit entflogen. Ich bräuchte mich nicht anzustrengen, bräuchte nur den Mund zu öffnen: schon flöge mir das gebratene Federvieh in den Schlund. In Bächen von Sekt und Wein schwimmen Fische bereits gesotten obenauf, darauf wartend, herausgefischt und verschlungen zu werden. Und die umherlaufenden Spanferkel haben das Tranchiermesser bereits im Rücken stekken; ich müßte nur hinlangen, um mir ein Stück abzuschneiden. Pflastersteine bilden als molligweiche, mit feinen Pasteten gefüllte Käse, einen schlüpfrigen Straßenbelag. Hin und wieder regnet es Champagner, hagelt es feinen Zucker, schneit es türkischen Honig. Von allen Seiten kommt mir duftendes Gebratenes entgegen, umkreist mich und wartet darauf, von mir verspeist zu werden. Auf Schritt und Tritt drängt sich mir Eßbares auf, um sich als Glück meiner Gaumenfreuden zu opfern.

Aus allen Ritzen quillt Süßes hervor. Und ich bin hier ganz alleine, kann als einziger dieses schlaraffische Paradies genießen. Endlich bin ich im Nirvana meiner Genußsucht angelangt. Hier ist alles warm und mundig, pikant und delikat. Ich bade im Überfluß wahrgewordener Schokoladenträume, tauche ein in breiiges, braunes Süßes und bemerke zu spät, daß ich eigentlich in dünnflüßiger Scheiße wate. Alle Menschen scheinen sich an dieser Stelle entleert zu haben, um diesen Schokoladekot, diese Fäkalien des Überflusses zu hinterlassen. So fresse ich und fresse ich, fresse alles rings um mich auf, bis mir vor Glück und Anstrengung die Augen überquellen. Und ich fresse mich durch sämtliche Zuckerhügel, bis ich schier platze, bis ich mich in der geilen Soße, die ich gierig in mich hineinschlinge, förmlich auflöse. So werde ich selbst zum Schwein, dessen gebratenen Lenden ich verzehre. Ich bin nun die geborene Freßfutterfabrik, bin Schweinefutter und zu fressendes Schwein zugleich. Selig lächelnd wate ich in Kot und Futter, was dasselbe ist. Und es geht weiter: Ich fresse mich durch Grießbrei und Honigkuchen, durch Konfekt und... Genug! Es ist genug. Niemals werde ich dort ankommen. Immer noch stolpere ich durch dunkle Gänge, wanke ich unter eisigen Gewölben dahin. Tiefer und tiefer führt mich mein Weg nach unten. Aussichtslos die Möglichkeit, je wieder an die Oberfläche zu gelangen. Fest preßt sich die Kälte an meinen Körper und sticht mir wie mit Nadeln ins Gesicht. Den Atemnebel vor Augen, taumle ich keuchend weiter. Es wird kälter, immer kälter.

> An die Kälte der Kiesstraße bin ich gewöhnt. Die klare Sprache des Windes, der mir aufmunternd ins Gesicht peitscht, tut mir gut. Hier kann ich Zwiesprache halten mit dem Wind, mit dem nassen Kies, mit dem Eisregen. Hier werde ich verstanden. Längst sind meine Tränen getrocknet, sind die Arme steif vor Kälte; so liebt mich die Straße. Ja, ich werde für immer bewegungslos, aber aufrecht hier stehen. Selbst meinem Fuß werde ich die geringste Bewegung versagen. So werde ich mich an mir selbst anklammern. Und der Regen wird an mir herabrinnen; still werde ich seinen glucksenden Botschaften lauschen. Es wird alles friedlich rings um mich sein. Und nichts wird mich veranlassen, fortzugehen. Nichts. <

In den Katakomben meiner Hoffnungen gibt es keine Sonne, keinen Regen, auch keine süßen Begegnungen. Die lukullischen Träume sind ausgeträumt. Nur die Kälte ist mir geblieben. So haste ich weiter, will fort von hier, hinauf, nur hinauf!; durcheile Gänge, renne an Türen vorbei, klettere über erdachte Hindernisse. Ich zertrete Kinderspielzeug und.. eine Ratte. Doch es führt auch das zu nichts: Es führt für mich kein Weg hier heraus. Und es führt kein Weg aus mir heraus. Immer wieder stelle ich mir selbst Fallen, baue mir nur eingebildete Hindernisse auf. Ich bleibe. Ich habe also beschlossen zu bleiben. Trotzdem gehe ich weiter.

ZÄSUR 5

Heissa, juchei! Ein Schmatzen und Rülpsen hat begonnen. Lange hat es gedauert, bis ein schlaraffisches Paradies seine Pforten für ihn öffnete. Nun kann er sich endlich alle Träume von Süße erfüllen. Gleich einem Wurm taucht er in süße Breie ein, bohrt sich hindurch, scheidet Süßes wieder aus, wälzt sich im süßen Schlamm und zerquetscht all die bunten, süßen Figuren aus Schokolade und Marzipan. So stapft er weiter durch sein geiles Himmelreich, stopft sich alles was er kriegen kann in den Mund und schluckt und kotzt. Ja, er ist ein wirklicher Genießer, besteigt Marzipanberge, watet durch Schokoladenschlamm, wandelt über Zuckerteiche. Er tritt auf Tortenstücke, gebacken aus Leibern von Negerkindern, zermalmt knochige Schokoladenkinderleiber, während er Tortenstück um Tortenstück in den Mund schiebt. Das Himbeersaftbächlein, still neben ihm fließend, ist zum blutigen Rinnsal geworden. Für ihn aber geht es weiter, wohlschmeckend und süß. Ausgefüllt mit gärenden Gasen, schwillt sein Bauch an. Kaum noch daß er sich auf den Beinen halten kann, watet er in süßer, brauner Scheiße. Er wird schließlich darin ersticken, wird schmatzend darin versinken. Aber es wird ihn keiner befreien. Keiner.

ANKOMMEN

Hoch ragt ein Tor vor mir auf. Ich habe
erwartet, früher oder später davor zu ste-
hen. Nicht ihm anmaßend, die Brust rek-
kend, gegenüberzustehen, sondern demü-
tig davor zu kauern. Um meine Propheizung
wahr zu machen, habe ich mich in den
Lehm fallen lassen. Mein heißer Kopf
dröhnt und ich lehne meine Schläfe an das
kühle, glatte Holz des Tors. So ist es gut.
Doch es scheint gleichgültig zu sein, ob ich
aufrecht vor dem Tor stehe, ob ich er-
schöpft daran lehne, oder ob ich in Demut
davor kauere. Selbst wenn ich schluch-
zend davor umherkröche-ich werde das
vermeiden-wäre alles gut für mich. Ich bin
angekommen. Endlich! Jenes Tor aber wird
sich vielleicht nie öffnen. Das ist unwich-
tig. Ich wage mir dennoch vorzustellen,
dereinst hindurchzugehen, sollte es je of-
fenstehen.

> Die Geborgenheit der Kühle meines
regendurchnäßten Platzes an der Straße
möchte ich nicht missen. <

Ich werde nichts übereilen. Es wird
seinen Gang gehen. Erwartungsvoll liege

ich vor dem hohen Tor; alles andere ist unwichtig. Ein Geräusch: sachte haben sich die Torflügel in ihren Angeln bewegt. Davon bin ich wach geworden, von diesem Geräusch, von diesem leisen Knarren. Das Leise also hat mich erweckt. Aber habe ich geschlafen, oder bin ich in Gedanken bereits jenseits des Eingangs? Ich springe auf, stehe betroffen da und halte den Atem an: Weit offen stehen die Flügel des mächtig-hohen Tores; eine stumme Aufforderung einzutreten. Doch werde ich es wagen, sogleich durch das für mich weit geöffnete Tor zu gehen, werde ich es tatsächlich durchschreiten, nein, durcheilen? Und werde ich wahrhaftig das vorfinden, was ich dahinter erhoffe? Allein, habe ich noch ein Recht auf Hoffnung?

> Von nun an werde ich mich nicht mehr bewegen, werde nirgends mehr hingehen, werde von hier nicht mehr fortgehen. Und ich werde nichts mehr erwarten. Wie angenehm, hier im Regen zu stehen, unter mir nur knirschender Straßenkies. <

Und jetzt mutig aufstehen, hindurchgehen, mit erhobenem Kopf das Tor durchschreiten, alles Erniedringende abschütteln. Das LAND, es liegt vor mir! Tränen steigen mir in die Augen, wie schon so oft und lassen verschwimmen, was ich nicht zu schauen wage: Eine CHINESISCHE LANDSCHAFT, klar, kühl und.. unendlich vor mir ausgebreitet. Aus erdigen Labyrinthen befreit, schreite ich langsam, feierlich hinaus in die Weite des LANDES. Aber ist es 'DAS LAND', ist es mein Land, das ich immer schon in Gedanken vor Augen hatte? Und habe ich verdient, es zu erreichen, habe ich ein Anrecht darauf, davor erwartungsvoll zu stehen, es gar zu betreten und in ihm zu sein? Ich fülle meine Lungen mit Enthusiasmus, renne vorwärts, nichts was mich aufzuhalten imstande wäre. Nur weiter. Schon beginne ich einiges zu erkennen. Vielleicht sind jene Punkte in der Ferne leibhaftige Menschen, die auf Worte von mir warten.

> Es hat zu regnen aufgehört. Noch ein letzter Vorsatz: Geduldig und stumm werde ich fortan auf einem Bein an dieser Straße stehen, ein schweigsames Totem der Geduld. <

Außer Atem gehe ich langsam weiter. Was aber könnte ich dem einen oder andern sagen, bin ich bei ihm angekommen? Denn redete ich auch noch so lange mit ihm, wäre doch jedes meiner Worte dort draußen Lüge, wäre nichts als ein Schwall anbiedernder Floskeln, unaufrichtig und leer. Ich werde also keine Anbiederungsversuche machen. Wie angekettet bleibe ich stehen, wage keinen einzigen Schritt.

> Mein Bein gäbe ich dafür, wäre auch nur einer in meiner Nähe, mit dem ich reden könnte und der mir, gleich dem Wind, antwortete. Vergeblich hoffe ich darauf, wie immer. Die Aussichtslosigkeit hält keine Überaschungen für mich bereit. <

Es könnte sein, daß ich für immer hier stehenbleibe, mein Gesicht dem säuselndem Wind entgegenhalte und an diesem Platz verweile, ohne je DAS LAND zu betreten. Vielleicht sinke ich stattdessen demütig in mich zusammen, werde so zum sprachlosen Stein. All die andern dort draußen-sollten sie tatsächlich existieren-sind ja doch nur Schattengestalten, unerreichbar und unfaßbar. Dennoch versuche ich, steinern wie ich bin, den Kopf zu heben, zuversichtlich denen entgegenzuschauen, um jene Schemen besser erkennen zu können. Der Nebel aber, dieser Freund, verwehrt mir den Blick auf DAS LAND. Und seine feuchten Atemstöße bedrängen mich, umklammern meine Brust. Nichts mehr ist erkennbar, alles verschwimmt vor meinen Augen: Undurchdringliches Grau liegt über allem. Möglich, daß soeben die vorausbestimmten hundert Jahre vergangen sind und vor mir ersteht, inmitten des LANDES: ein verwunschenes Dorf, das aus seinem Schlaf erwacht. Und ich bin der Erwecker seiner Bewohner, höre ihre Musik, sehe, zwischen Lehmhäusern hüpfende Kinder. Nichts von alldem! Nur der Nebel umgibt mich, dicht und erstickend stiehlt er mir immer noch den Atem. Wie versteinert starre ich in dunstiges Grau. Wiederum habe ich mich täuschen lassen, habe ich nicht genau hingesehen: Gelbflimmernd liegt eine Wüste vor mir, lauernd mein Ausbrechen erwartend. Trotzdem werde ich dort hinausgehen, werde die Wüste nicht enttäuschen, werde mich , im Gegenteil, von ihr aufnehmen lassen, ohne ihr deshalb verpflichtet zu sein. Barfuß gehe ich also hinaus ins Gelbe, ohne noch etwas erhoffen zu können. Der flirrende Sand umschmeichelt mich, der sanfte Wind unterstützt ihn dabei. Ich werde jedoch keine vierzig Tage hier draußen bleiben, sondern umkehren, bevor ich mich zu weit hinausgewagt haben werde. Schon habe ich einen Fuß in den Sand gesetzt, habe den entscheidenden Schritt getan. Nichts ist von Hitze zu verspüren: eine kalte Wüste empfängt mich. So wage ich mich weiter vor; niemand erwartet mich hier, nicht einmal ein Skorpion oder eine bitter-giftige Viper. Auch blumige Hautreste einer vertrockneten Eidechse werde ich nicht finden. Keiner erwartet mich hier, der zu mir sprechen könnte, keiner, der mir obszöne Angebote macht, keiner, der mich 'in Versuchung' führt, keiner, der mir Lügen zuflüstert. Ich hätte ihm ja nichts zu sagen, könnte seinen widerlichen Anträgen nichts entgegnen. Ich werde also künftig den Mund verschlossen halten, werde nichts mehr sagen. Und ich werde schließlich mit hängendem Kopf umkehren und ohne jede Erkenntnis zurückkehren.

> An der windigen Straße, im Regen stehend, habe ich niemals zu mir selbst gesprochen. Käme einer vorbei, der darauf wartete, ich wüßte auch ihm nichts zu sagen. Es gibt kein Vor und kein Zurück. Ich werde warten, wie so oft schon. Einer

Glocke gleich, senkt sich langsam eine erlösende Apathie über mich; schon erstarre ich, vereise. Noch aber sehen meine Augen. Noch. <

Klar vor mir liegt DAS LAND: Kein Nebel, keine diffusen Gestalten,keine fahle Sandwüste. Aus den Augenwinkeln heraus nur vermag ich die Ausdehnung des LANDES zu erahnen. Weit, scheinbar ohne Horizont, erstreckt es sich vor mir; hell an den Rändern, unermeßlich in seiner Tiefe. Meine dunkle Zaghaftigkeit hat ihre Scheu vor Offenem, Hellem noch nicht abgelegt. DAS LAND aber scheint mich, scheint ALLES zu umspannen. DAS LAND *ist* ALLES, *ist* die Antwort auf alle Fragen, die je gestellt wurden. Dennoch wage ich nichts zu fragen, denn nichts gibt es hier, woran ich mich fragend festhalten könnte: keinen Rasen, keine Bäume, keine Blumen und ..keine Menschen. Nur eine unbestimmte, lockende, helle Weite. DAS LAND ist nur weit und hell und gänzlich ohne Antworten für mich. Aber ich stelle ja keine Fragen! Ich sollte weitergehen, weiter, weiter, doch meine Beine versagen. Ich versage, bleibe, ein widerspenstiger Klotz, an DIESEM ORT stehen. Es ist kalt. Blau vom Reif wiegt sich hohes Gras im Wind. Ja, mein vertrauter Wind! Vereinzelt Gesträuch, das mir den Weg versperrt. Und dennoch geht es weiter. DAS LAND meint es gut mit mir. Meine Tränen sind getrocknet, ich sehe klar. Meine Beine schmerzen wieder; ich werde nicht auf sie achten, werde ihnen nicht nachgeben, werde nicht aufhören zu gehen, werde nur noch gehen, gehen.

> Noch nie habe ich, hier an der Straße stehend, geweint. Mein einziges Bein, auf dem ich noch stehe, schmerzt und hält mich wach. Immer noch Regen: Regenstraßenwetter. <

Wie konnte ich von schemenhaften Gestalten sprechen, wie deren Antworten leugnen, Antworten, die jene des LANDES sind! Ermutigt durch die helle Tiefe des LANDES setze ich einen Fuß vor den andern und versuche, das mächtig hohe Tor hinter mir zu vergessen. Längst steht es nicht mehr offen. Deutlich erkennbar bewegen sich zwischen den bläulichen Gräsern Figuren. Langsam, bedächtig gehen sie hin und her. Die meisten von ihnen jedoch verharren an ihren Plätzen, starren vor sich hin, sind stumm. Vielleicht gibt es hier noch andere Tore, durch die ich niemals hätte gehen können, Tore, durch die jene andern kamen. Ich versuche mir Klarheit zu verschaffen, doch noch ist nichts absehbar, noch ist kein Horizont erkennbar. Nur helles, flimmerndes Blau sticht mir in die Augen, sodaß sie zu schmerzen beginnen. Jene, weit von mir entfernt Stehenden, starren immer noch vor sich hin, scheinen zu warten. Keiner nähert sich dem andern. Und keiner von ihnen kommt mir nahe. Wie gleichmäßig verteilt, stehen sie reglos auf der weiten, bläulichen Fläche. DAS LAND sie aufgeteilt, hat Positionen besetzt, hat Posten aufgestellt, Wachtposten gegen voreilige Antworten. Langsam hebe ich meine Hand, rufe, winke dem nächsten zaghaft zu. Bewegungs-losigkeit als Antwort. Und Stummheit. Ich werde nicht weitergehen, werde keine Zeichen mehr geben, werde nichts mehr sagen. Ich bekäme ja doch keine Antworten. Alles ist vom täuschenden Eis bedeckt. Und nicht Schemen sind es, die mich narren, sondern nur Schatten von Schatten. Die Gräser, eisig erstarrt, zeigen wie bohrende Lanzen zum Firmament. Und die erfrorenen Bäume zerbrechen im Sturm. Nichts was übrigbliebe. Nur Eis. Das knirschende Eisfeld könnte ich überqueren: Vertraulich teilt mir die erstarrte Ebene Lautloses mit, bedient sich raunend des Windes, bedient sich der Kälte, macht sich meine Hoffnungen zunutze. Was aber könnte ich, die Lippen im Winde stumm bewegend, antworten? Auf welche Weise könnte ich der eisigen Fläche Antwort geben, bin ich doch selbst Eisiger, bin Starrer, Festgefrorener? Stille. Nichts was hier gesagt werden könnte. Unbeweglich stehen immer noch jene Figuren, in die ich so große Hoffnungen gesetzt habe; unbeweglich sind sie und stumm. So erlerne ich die Eissprache, lerne, mit meinen Augen kaltbohrend zu sprechen. Und die Antwort gebe ich mir selbst: Es ist sofort weiterzugehen; unter Aufbietung aller Kräfte ist weiterzugehen! Denn: irgendwo muß eine Lücke sein, durch die ich hinausgelangen kann. Habe ich doch bereits einiges aus mir herausgelöst, habe es herausgebrochen, sodaß schmerzende Löcher entstanden sind. Ein Schlupfloch aber, durch das ich aus mir selbst herauskommen könnte, habe ich noch nicht entdeckt. Vergeblich sind meine Versuche, aus meinen Bruchstücken einen Weg zusammenzusetzen, vergeblich auch das

Wagnis, in das Schneckenhaus meiner Erinnerungen zu gelangen. Und es gibt hier keinen Spiegel, in dem ich mich wiedererkennen könnte. Ich sollte versuchen, mein Gesicht hinter einer Gräsermaske zu verbergen, sollte mir immer wieder Masken vors Gesicht halten, nicht Spiegel. Ich würde unerkannt bleiben; meine Maskerade würde nichts ändern. Die kalten Masken sind also zu nichts nutze, das Blau der Gräser verhindert die Transparenz des Unglücks. Mit einem Ruck drehe ich meinen starren Körper zur Seite: Die lautlosen Gestalten liegen hinter mir, von ihren stechenden Blicken ist nichts geblieben, als ängstliche Erinnerung.

> Es hat aufgehört zu regnen. Der die Straßen bedeckende Kies glänzt und spiegelt den Himmel wider. Neuerlich verspüre ich Hoffnung, geht ein Leuchten durch mich hindurch: Alsbald werde ich wieder auf zwei Beinen stehen, auf meinen beiden Beinen. Auf beiden! <

In der Ferne erkenne ich eine blaue Kuppel. Dorthin werde ich gehen, dort werde ich zu mir selbst sprechen, ohne etwas zu erwarten. Bei jener Kuppel angelangt, werde ich niederknien und mir beruhigende Worte sagen. Mein Kopf wird dabei im kalten, blauen Gras liegen. So werde ich schließlich die richtigen, beruhigenden Worte für mich gefunden haben. Warum aber sollte ich mich beruhigen wollen? Es *ist* ja bereits ALLES ruhig.

Und nichts mehr steht mir im Weg. Es gibt also einen Weg. Ich muß nur weitermachen: Ich könnte mich zum Beispiel umarmen und zaghaft liebkosen. Ich habe demnach allen Grund zu frohlocken. Es wird gut für mich ausgehen. Nur Geduld.

ZÄSUR 6

Nun scheint er endlich angekommen zu sein. Hören wir jedoch auf das Schluchzen, das von allen Seiten auf uns eindringt. Stammt es von jenen menschlichen Schemen, mit denen er sich nicht verständigen konnte? Oder dringt es nur aus seinem erstarrten Kadaver? Wie oft hatte er das alles durchgespielt, wie oft hatte er sich vorgestellt, wie es sein wird, hat er sein LAND endlich erreicht! Und jetzt? Jetzt ist es aus mit ihm! Alles war vergeblich: alles Wühlen und Kriechen, all das

Hinwenden und Aufhorchen führte zu nichts. Er hätte es wissen müssen. Alle Anzeichen des Scheiterns waren ja gegeben und hatten ihn auf sein Fiasko hingewiesen. Er aber war taub und blind, vor Tränen blind, die anfangs Freudentränen waren. Und hätte er auch nur mit einem gesprochen, es wäre nicht anders ausgegangen. Er hat zu viele Irrtümer begangen. Man sollte ihm aber geholfen haben: Lassen wir also noch rasch einen bunten Ballon für ihn aufsteigen, den tröstenden Ballon seiner Kindheit. Doch auch der ist zum Absturz bestimmt. Noch ehe er in den Fahrkorb gestiegen wäre, noch ehe er auch nur einen Gedanken an weit entfernte Länder verschwendet hätte, wäre der Ballon bereits abgestürzt und am Boden gelegen. So liegt alles zertrümmert umher: Die Bakellitpüppchen, mit denen er nie spielte und die verrostete Blecheisenbahn, deren Räder lange schon fehlen. Und alle Stoffhasen hängen gemeinsam mit der Gräsermaske, die ja eine Krampusmaske ist, zerfetzt im nächsten Baum. Er hatte das alles nicht wahrgenommen, hatte es vor sich und hat dennoch nicht weggesehen. Nun nimmt er nichts mehr, was um ihn geschieht, war. Frierend und schluchzend liegt er am Boden. Er hätte sich von alldem fernhalten sollen. Nun ist es zu spät. Und vorbei. Keiner wird vorbeikommen, um ihm zu helfen. Keiner.

EINDRINGEN

Unnahbar thront jenes wuchtige Gebäude auf der Anhöhe vor mir. Und immer noch knie ich demütig und erwartungsvoll davor. Nirgends sind Spuren blauer Farbe zu bemerken. Nichts Bläuliches, Vertrautes ragt da vor mir auf. Wieder aber habe ich geirrt: Hier gibt es keine blauen Kuppeln, keine blaß-blauen Gebäude. Vielleicht sanfte Hügel weiter hinten, Hügel, die ich noch nicht entdeckt habe. Gleich einem urzeitlichen Kastell trotzt das Gebäude dem Verfall. Es hat bis jetzt alle Epochen überdauert und wird auch mich in meine Zeitschranken weisen. Geduldig, eine bemooste Schildkröte, erwartet es mein Kommen. Der Hügel wird mir kein Hindernis sein. Ich werde ihn rasch besteigen, werde hartnäckig meine Fersen in seine feuchten Graspölster treten, um zum Ziel zu kommen. Ja Kastell, ich werde zu dir kommen. Nur Geduld.

> Seit einiger Zeit stehe ich wieder mit *beiden* Beinen auf der naßkalten Straße. Lange schon sind sie blaugefroren und dadurch nahezu gefühllos geworden. Ich stehe. Und das ist das einzige, was mir noch

möglich ist: stehn und auszuharren. Ich erfülle ja meine Aufgabe, ich bleibe ja stehen. Alles an mir ist wie abgestorben: gefühlos und taub. Doch ich stehe aufrecht, bin für immer hier stehengeblieben.<

Das Kastell erwartet mich. An den Hügel geklebt, mit ihm verwachsen, ist es sich seiner Sache sicher, erkennt es, daß es mich wie eine langersehnte Beute bekommen wird. Und ich frage mich, ob ich es wagen soll, dieses Gebäude zu betreten, um klopfenden Herzens in seinen Räumen suchend umherzugehen. Nichts aber hält mich davor zurück: ich haste den Hügel hinauf, quäle mich durch blaugefrorenes Gras, schlage mutig meine Absätze ins Erdreich. Und mit jedem meiner Schritte, mit dem ich der Festung näherkomme, scheint sie weiter entfernt zu sein, als je zuvor. Meine Hoffnung, aufgenommen zu werden, meine Sehnsucht, mit diesem Gebäude eins zu sein, habe ich längst hinter mir gelassen. Jetzt nur vorwärts! Doch nun, da ich dem Kastell ganz nahe bin, es deutlich vor mir habe und seinen kalten Atem, den es von sich gibt, aufnehme, scheint es sich aufzulösen. Von Minute zu

Minute wird es mehr und mehr zu einem schwammigen, trotzigen alten Nilpferd. Keuchend bin ich angekommen. Endlich. Eisig-blaue Luftfahnen ausstoßend stehe ich da, verzagt, mutlos, zitternd vor Kälte. Hier ist nichts mehr, was zu entdecken wäre. Auch in diesem, einst so verheißungsvollen Gebäude, scheine ich bereits gewesen zu sein: Schon einmal hatte mich das alte Nilpferd verschlungen. Längst ist die Sonne versunken. Ich werde warten.

> Naß glänzt mir der Straßenkies entgegen. Die kalte Feuchtigkeit läßt mich erschaudern. Doch das ändert nichts. Ich ändere mich nicht: Ich habe mich ja gut eingerichtet in meiner Einsamkeit, habe es mir darin nahezu bequem gemacht. Auch die Verständigung funktioniert: ich bin verständig, spreche zu mir selbst sehr verständlich. Eine nie gekannte Klarheit ist mir zuteil geworden: Die Klarheit der stummen Kälte. Ich stehe aufrecht. Immer noch stehe ich aufrecht. <

Festen Schrittes steige ich die Stufen zum Eingang des Kastells empor. Den bläulichen Hügel habe ich überwunden, der Kälte getrotzt. Nun bin ich im Gebäude meiner Gehirnganglien angekommen, habe mich somit selbst erreicht. Dennoch stehe ich vor verschlossenen Türen. Ein kleiner Rückschlag, nichts weiter. Ich werde mir trotzdem Mühe geben, weiterzukommen, werde mich nur noch auf Wichtiges konzentrieren, werde versuchen, mir nichts mehr vorzumachen. Und so wird es für mich nur noch Türen geben, verschlossene Türen. Vielleicht habe ich zu viele Fehler begangen, habe mich zu schnell von der Wiese entfernt und war in meiner Neugierde zu unachtsam. Mit angehaltenem Atem warte ich vor verschlossenen Türen, schliesse die Augen und sehe jenes Gebäude, von dem ich hoffe, daß es mich aufnehmen wird, genauso wie vorhin, als es noch weit entfernt, auf dem Hügel thronte: ein düsterer, modernder Kasten, der mich im diffusen Licht erwartet. Kein Weg führt zu ihm. Reglos stehe ich im eisigem Gras und starre mit tränenden Augen auf das Kastell. Still halten wir Zwiesprache. Und es spricht von all den Dingen, die je Bedeutung hatten für mich, zu mir. Auch von jenen, die vielleicht einstmals für mich Bedeutung haben werden. Gierig nehme ich sie auf, ohne dem Kastell etwas davon zurückzugeben. Stumm bleibe ich fortan, verschließe mich, während das Gebäude behutsam seine Pforten öffnet. Doch je länger ich die flimmernde Landschaft rings um mich betrachte, umso mehr verschwimmt alles vor meinen Augen. Und gleich Nebeln, die ohne Bedeutung sind, wird die Umgebung zum Wunschbild meiner Hoffnungen. Die Tore wage ich nicht zu schauen: deren Flächen verschwimmen, vermengen sich mit meinen inneren Bildern, sodaß ich die Augen schließe. Vor mir steht das Kastell, ein dunkler Quader der Verweigerung. Ich aber kann nicht widerstehen und öffne die Augen. Und ich werde mich in Bewegung setzen. Und von nun an die Augen offen halten.

> Ich knie nieder, um den nassen Kies zu liebkosen, der immer noch auf der Straße liegt, auf jener Straße, die mir zur Heimat geworden ist. Jedes ihrer Steinchen, das sie bedeckt, ist mir vertraut. Naß und kalt sind wir Verbündete, dazu bestimmt, unseren Platz einzunehmen, hier zu verharren und nirgends sonst.

So werde ich sanft von den Kieseln wiedergeküßt und der Regen spült meine Tränen fort. <

Ich hätte meine Augen nicht öffnen dürfen: die Sonne hat mich flimmernd getäuscht. Denn die Räume, in die ich nun endlich gelangt bin, sind mir fremd. Das Kastell hat seine eigene Ordnung: keine blauen Kuppeln, keine vetrauten Kinderzimmer, die mich empfangen. Ich muß lernen, mich zu erinnern, muß lernen, auf Bekanntes zurückzugreifen, muß endlich lernen, mich zurechtzufinden. Es wird mir schwer fallen, aber ich werde dann begriffen haben, wo oben und unten, wo links und rechts ist. Ich sollte stehenbleiben, sollte, während ich lerne, anhalten. Denn wieviele Räume mögen noch vor mir liegen, wieviele Gänge werde ich noch durcheilen müssen? Ich darf mir keine Fragen mehr stellen! Es sollte endlich Antworten für mich geben. Aber werde ich in einem dieser Räume auf mir vertraute, giftige Molche stoßen? Werden Taranteln, Skorpione und Vipern meine Wegbegleiter sein? Oder werde ich gar auf einen Pudel stoßen, der sich mir frech in den Weg stellt, und in dessen Mitte ich mich als ängstlicher Kern wiederfinde? Von jetzt an gibt es keine verschlossenen Türen mehr. Die Zimmer aber sind leer, nichts darin ist aufgestellt, nichts bereitgestellt: Keine Tische, keine

Stühle; nichts dergleichen. Und wären Spiegel an den Wänden, ich schrie gegen sie und bezichtigte sie der Lüge. Auch finden sich keine Asseln in den Winkeln jener Räume. Und kein Pudel stellt sich mir in den Weg. Dennoch ist keine Leere in diesen Zimmern: Jeder Raum unterscheidet sich vom vorhergehenden, jedes Zimmer schimmert in seiner ihm eigenen Farbe und bringt mir die verschiedensten Erinnerungen entgegen. Niemand ist hier. Niemand hat je hier gewartet. Eilig versuche ich, diese schimmernden Zimmer hinter mich zu bringen, möchte alle Türen hinter mir zuschlagen, möchte das alles zurücklassen und weit hinter mir wissen. So aber haste ich durch die Räume meiner Erinnerungen, von einem in den nächsten, und wieder in den nächsten; rasselnd geht mein Atem, unhörbar mein blaugefrorenes Herz.

> Mit meinen Beinen wird es schlimmer: sie tragen mich nicht mehr. Die Straße, deren nasser Kies bläulich schimmert, verschwimmt mir vor den Augen. Ich werde mich fallen lassen. Es wird ganz leicht sein: der flimmernde Kies wird mich empfangen. Die Nässe wird den Rest erledi-

gen. Zur Mutlosigkeit besteht kein Anlaß. Endlich liege ich ruhig atmend am Boden. Ich füge mich. <

Während ich durch all die Zimmer und Gänge eile, geschieht es, daß ich plötzlich aus kleinen Wunden blute. Achtlos streife ich an scharfe Kanten, schürfe meine Haut an Mauervorsprüngen wund. Ständig verletze ich mich, hinterlasse rote, dünne Spuren, die sich mit dem Staub des Bodens zu Runen vermengen. Mehr und mehr schmerzen mich die Schnitte an Händen und Füßen; auch mein Gesicht ist zerschunden. Wie zufällig sauge ich das Blut aus meinen kleinen Wunden; dort wo ich hingelange, nehme ich mein blutendes Fleisch zwischen die Zähne und schmecke dessen Süße. Ich darf den Mut nicht verlieren. Ich *muß* weitermachen und werde meinen Blutverlust nicht beachten. Noch bin ich stark, noch fühle ich mich stark genug, etwas zu wagen. Ja, ich werde den Versuch wagen, in den Keller hinabzusteigen. Doch ich kann nicht sicher sein, ob mir das gestattet ist, ob mir mein Zwang, überall hinzugehen, nicht hinderlich sein wird, ob ich nicht schon alle Räume durcheilt habe, ob ich alle Zimmer, die für mich bestimmt sind, die blauen, die tiefschwarzen und die blutroten, hinter mich gebracht habe. Und ob ich nicht, noch ehe ich hinabsteigen darf, auf neue Räume meiner ängstlichen Sehnsüchte stoßen werde. Wieder bin ich mutlos. Zu sehr ließ ich mich von meinen Hoffnungen verleiten, die mich fortzogen; zu viele Gänge und Schächte mußte ich bereits bewältigen und mich dabei durch manch Enges hindurchzwängen. Aber auch das Durcheilen der Zimmerfluchten brachte keine Antwort auf meine Fragen. Wie im Uterus einer Nackten krieche ich in den Gängen des Kastells umher: mit geschlossenen Augen, verzweifelt nach Luft ringend. Den Abgang zu jenem Keller aber finde ich nicht, habe ja nie ernsthaft danach gesucht. Das modrige Dunkel wartet vergebens auf mich. Ich werde meine Strategie ändern: Sofort steige ich zum Dachboden hinauf! Und im Gegensatz zum Keller, der vermutlich nicht existiert, wird mir der Dachboden endlich einen Überblick verschaffen. Ich werde nicht zurückschauen: schon habe ich eine Leiter erklommen, stoße eine Klapptüre auf, finde mich in Staubwolken gehüllt. Jetzt bin ich heroben! Aber auch hier: nur Leere. Auch diesen Raum werde ich mit meinen Gedanken füllen müssen. Es wird mir nicht schwerfallen. Ich werde vorsichtig sein. Torkelnd setze ich Schritt vor Schritt, wanke so auf den Dachböden der Welt umher, auf denen Ballen weißen Leinens für mich bereitliegen: In Leinen gehüllt, werde ich dereinst in einer Holzkiste liegen und nicht mehr wissen wollen, worauf ich einst gewartet habe. Doch ich kauere immer noch hier oben, wo die Wände schwanken und all die Stufen, die nach unten führen längst eingestürzt sind. Noch aber stehen jene Wände, die mir Sicherheit vorgaukeln und ich küsse diejenige, die mir Kühlung verspricht, presse mein Gesicht gegen sie und bin ruhig. Wenige Augenblicke zuvor stieß ich wie rasend mit dem Kopf gegen sie, immer wieder, bis Blut über meine Augen rann, bis mir der Schmerz zu Klarheit verhalf. Endlich Stille. Alles hier ist kristallen. Ich habe eine Entscheidung getroffen, mein Blut war mir Helfer und meine Wunden die erklärenden, hellen Linien auf der Landkarte meiner Verzweiflung. Ich habe nichts mehr zu befürchten! Das Ziel liegt klar vor mir, mit offenen Augen vermag ich es zu erkennen: Ich werde alsbald eine Luke im Dach entdecken und durch sie hinausschauen, weit hinaus in DAS LAND. Und ich werde die blauen Wiesen sehen, die ... Feiner Staub umgibt mich und legt sich gleich einem Schleier auf meine Augen. Nein, ich werde sie nie mehr sehen, jene blaue Wiesen und blassen Hügel, nie mehr auch die fernen, starren Gestalten. Hier oben bin ich, blind vor staubigen Lügen, auf mich gestellt. Also werde ich aufhören, nach Luken zu suchen; es wird keiner stummen Gestalten bedürfen. Und ich werde weiterhin in meinem Innern Gärten anlegen, werde Paläste erbauen und andere niederreißen. Ich werde mir die Welt schon einrichten! Und vollbringen, was zu vollbringen ist. Nur weiter: es geht weiter nach oben, schon stoße ich die letzten Türen auf, schon öffne ich die letzte Luke. Nach Atem ringend stolpere ich hinaus. Ich bin mir selbst auf den Leim gegangen: ein allerletzter Irrtum führte mich in diese schwindelnde Höhe. Endlich scheine ich angekommen zu sein! Taumelnd stehe ich am Dachfirst des Kastells, suche vergeblich nach Halt. Alles dreht sich mir vor den Au-gen. Meine Beine sind zu Gummischnüren geworden. Ich wage nicht hinabzuschauen. Es wird endgültig aus sein. Es wird für mich nichts mehr geben. Es wird mich nicht mehr geben. Verdammt!

ZÄSUR 7

Er hat die Geborgenheit eines Hauses, eines Kastells gar, gesucht. Doch jenes Gebäude war nur eine Falle für seine Hoffnungen. Leer und drohend steht es auf dem Hügel, der sein Grabhügel sein könnte. Warum aber ist er nicht in den Höhlen seines Sicherheitsdenkens geblieben? Es gab für ihn im Kastell ja nichts zu entdecken. Und er konnte darin keine Erfahrungen gewinnen. Sein Versuch, mit dem Haus Zwiesprache zu halten, mußte scheitern. Selbst wenn für ihn nur ein Funken Hoffnung auf Aufnahme in jenes Gebäude bestanden hätte, er wäre ohne Kraft gewesen, darin auszuharren. Schon zu lange hatte er zugewartet, um die Dinge wirklich in die Hand zu nehmen. So wurde er hinausgedrängt, ohne daß er ahnte, was ihn draußen erwarten würde. Der Schritt auf das Dach aber war schließlich sein Verderben; er hätte das wissen müssen. Unerwartet sah er sich über dem Abgrund. Man hätte ihm vielleicht helfen können. Doch wer hätte sich dazu bereit erklärt, wer hätte all die Ausgänge vernagelt, um ihm jede Möglichkeit zur Flucht zu nehmen? Oder man hätte seine Anstrengungen, sich zu verbarrikadieren, unterstützen können. Er hätte unter allen Umständen in jenem Gebäude bleiben müssen! Hätte man ihm eine wärmende Lampe hingestellt, wäre alles gut gegangen. So aber trat er ans Tageslicht und es geht zu Ende mit ihm: Es wird ganz einfach aus sein mit ihm; wie eine Motte wird er zerfallen. Es hätte nur eines Lichts bedurft, ihn zu retten, eines kleinen, wärmenden Lichts. Keiner hat es für ihn angezündet. Keiner.

HINABSTÜRZEN

Mühelos und ohne darüber nachzudenken hebe ich vom Rand des Daches ab, stürze mich hinunter, gleite. Nur ein leichtes Prickeln in der Bauchgegend erinnert mich an meinen ungewöhnlichen Zustand. Ich vermeine zu schweben und doch falle ich tiefer und tiefer in die dunkle Schlucht unter mir, in der ich keinerlei Einzelheiten zu erkennen vermag. Einmal hinabgestürzt, finde ich mich unversehens auf jenem Sims stehend wieder, von dem ich erst in die Tiefe gesprungen war. Immer wieder springe ich nun von der Brüstung und lande doch jedesmal wohlbehalten, von wo ich mich abstieß. Ab diesem Sprung, dem scheinbar letzten, der für mich genauso endet, wie die vorangegangenen, nämlich auf der Kante der Brüstung, habe ich das Gefühl, hier oben nicht mehr alleine zu sein. Dicht neben mir wandelt einer am schmalen Sims, die Untiefe neben sich nicht beachtend. Er scheint sich nicht hinunterstürzen zu wollen, sondern tänzelt lediglich herausfordernd hin und her, scheinbar ohne mich zu bemerken. Und es ist hier noch ein Dritter, einer, den ich nur aus den Augenwinkeln heraus wahrnehme, der vielleicht nicht tatsächlich vorhanden ist. Dieser plustert sich mächtig auf, zeigt mir dadurch seinen Mut und springt unentwegt mit gewaltigen Sprüngen, ja, mit einem Satz, auf das Sims. Siegessicher hält er sein Gleichgewicht, stolziert, einem Gockel gleich, auf der Brüstung hin und her und beachtet mich nicht. Auch er blickt in die Tiefe, bleibt jedoch ruhig, abwartend stehen. Doch, und das sehe ich genau, ragen seine Füße nach jedem Sprung, den er wagt, um einiges weiter über den Rand des Sims. Er jedoch springt weiter darauf zu, immer wieder und wieder und unentwegt fort. Ich schweige zu all dem. Ich werde auch später keinen Schrei ausstoßen, sondern weiterhin stumm wieder in die Tiefe fallen. Bereits während des Hinabstürzens aber werde ich mich danach sehnen, wieder von dort oben hinabzuschauen. Und tatsächlich geschieht es, daß ich, nun wieder an der Brüstung angelangt, angestrengt nach unten blicke, suchend und hoffnungsvoll.

> Lange schon wage ich nicht mehr auf meine Beine hinabzusehen. Aus dem Verlust jeden Gefühls dort unten leite ich seit einiger Zeit das Nicht-Vorhandensein mei-

ner Beine ab, leugne demnach feige deren Existenz, obwohl sie mich doch so lange getragen haben. Vielleicht jedoch sind nicht meine Beine schuld daran, daß ich hier auf der nassen Straße stöhnend liege. Vermutlich versagte mein erkaltetes Gehirn und gab die falschen Befehle weiter.

Zu Unrecht beschimpfte ich meine abgestorbenen Stümpfe und hoffte darauf, daß sie der Nieselregen und der Kies erwecken mögen, obwohl mein Kopf bereits schwer und schläfrig auf der Straße lag. Nun werde ich die Augen schließen, ja, ich werde sie schließen und es wird endlich dunkel sein. <

Wieder tränen meine Augen. Wiesen und Wege, Hügel und Schlupfgänge, all das scheint mir zum Greifen nahe, ist scheinbar nur wenige Schritte von mir entfernt. So steige ich, während mir alles vor Augen verschwimmt, ins Leere, um mich sogleich darauf auf der Brüstung wieder zu finden. Kaum, daß ich mein Glück fassen kann.

Und ist es nicht ein unerwartetes Entgegenkommen des Schicksals, an der schmalen Kante, an den wenigen Zentimetern jener Demarkationslinie, nicht angebunden zu sein, also scheinbar völlig frei zu sein und gleichzeitig hier alleine zu stehen und ewige Wiederholungen zu erwarten? Niemand tänzelt neben mir, keiner tut so, als ob er, so wie ich, ununterbrochen in die Tiefe stürzen würde. Auch weiß ich nicht, ob jene anderen, deren Existenz für mich völlig klar zu sein scheint, den entscheidenden Schritt gewagt haben, den entscheidenden Schritt, sich in die Tiefe zu stürzen, um nie mehr wiederzukehren. Immer schon bin ich schweißgebadet auf irgendwelchen Simsen gestanden, habe andauernd dieses Grauen verspürt, das Grauen, jetzt sogleich, in der nächsten Sekunde den alles verändernden Schritt tun zu müssen, um mir sofort darauf die ersten Meter meines Absturzes so genau vorzustellen, daß es mir Übelkeit verschafft, sodaß ich in Gedanken sogleich wieder auf das Sims zurückkehre. Nun stehe ich, wie schon so oft, wankend auf jener Brüstung und mache mich frohlockend für den nächsten Absprung bereit. Und wieder verspüre ich dies grausige Ziehen in meinen Gedärmen, und während ich falle, bin ich mir dessen bewußt, daß ich verzweifelt versuchen werde, den Aufprall zu verhindern, um nicht unten ankommen zu müssen, um nicht zum zerquetschten, zerronnenen Fleisch zu werden, denn auch das habe ich ständig vor Augen. So springe ich fortwährend sehe dabei das blutig-zerfetzte Fleisch, mein Fleisch, am Boden aufklatschen. Ich springe, ohne damit aufzuhören, klar erkenne ich mein zermanschtes Fleisch dort unten, trotzdem kann ich nicht aufhören zu springen, denn jeder weitere Sprung beflügelt mich, den nächsten zu tun, immer wieder und unentwegt zu springen, trotz meiner Übelkeit, die mich bereits vor dem nächsten erwartet. Nein, ich werde *nicht* mehr springen! Ich werde mich zurücklehnen, die tränenden Augen schließen, um endlich meinen glühenden Kopf irgendwo anlehnen zu können.

> Selbst das Liegen auf dem nassen Kies nützt mir nichts mehr: Meine Beine, längst taub, sind zu unbeweglichen Stümpfen geworden, welch Befreiung!

Lange schon dringt die Nässe durch mich hindurch. Die Straße, an der ich einst aufrecht stand, nehme ich nur noch aus der Perspektive der Käfer und Würmer wahr, vor allem aus der der Würmer. Bewegungslos meine Hände, kein Lufthauch ist

ZÄSUR 8

Soweit ist es mit ihm bereits gekommen: Er hat Flugphantasien! Wenden wir uns doch endlich von ihm ab! Immer wieder stürzt er sich hinunter, als ob es mit einem einzigen Mal nicht genug wäre, als ob mit einem Sprung nicht alles erledigt wäre. Woher aber hat er die beiden seltsamen Figuren auf dem Sims? Deren Bemühungen, unten anzukommen, sind halbherzig und offensichtlich nur vorgetäuscht, denn letztlich stürzen sie ja nicht ab. Oder sind es bereits Abgestürzte? Kamen sie aus einem verschollenem Flugzeug, das tief in der Erde steckt, zu ihm heraufgekrochen? Sie sind vermutlich nur deshalb hierhergekommen, um dieses Schauspiel des fortwährenden Abstürzens auszukosten, um es für ihn zu inszenieren; nur deshalb stehen sie neben ihm. Er erwartet ja ihren Absprung, wartet darauf, gemeinsam mit ihnen das Wagnis des Sturzes einzugehen. Sie jedoch springen nicht, werden niemals springen. Sie beobachten lediglich seine erbärmlichen Bemühungen, zu den Wolken 'hinaufzuspringen'. Sie befinden sich einzig zu dem Zweck neben ihm, Beobachter seiner Pein zu sein, sind demnach nur deshalb präsent, um fortwährend ihren eigenen Absturz, den er ihnen unentwegt vormacht, zu beobachten. Sie lauern auf seine Sprünge, sind gierig auf den nächsten und übernächsten und stiften ihn stumm dazu an, zu den Wolken gelangen zu wollen. Doch er ist für die leichte Noblesse der Wolkenwelt nicht geschaffen: Er wird am Boden bleiben müssen. Er wird in der Nähe des Hauses, vielleicht sogar für immer i m Haus bleiben müssen. Doch er sollte fortgehen, denn es scheint nicht sein Haus zu sein, nicht sein schützendes Kastell, in dem er seine Träume verwirklichen könnte. Er wird aber aus diesem Haus nicht fortgejagt werden. Niemand wird ihn von hier vertreiben. Niemand.

VERSINKEN

Rasend stürze ich dem Wasser entgegen, tauche in die Fluten, die über mir zusammenschlagen. Ich sinke hinab durch Betonwasser, durch flüssige Wände, hinunter, zum tiefsten Grunde der Meere. Gleichzeitig aber, während ich hinabschwebe, möchte ich hinaufschnellen zur Oberfläche des Ozeans, hinauf zur Grenze zwischen Wasser und Luft, hinauf, immer weiter hinauf, bis ins blaue Nichts. Und doch bleibe ich hier unten, bleibe an meinem Platz. Statt mich selbst hinaufzukatapultieren, schleudere ich Steine empor, Steine, entnommen vom Grund des Meeres meiner Träume, in dem ich angelangt bin, schleudere also nur Steine hinauf zum Himmel, gegen all das Blaue, Unerreichbare. Hier zwischen Steinen bin ich selbst zum Stein geworden, finde mich eingekeilt im Steinernen wieder, bin eingezwängt in der steinernen, nassen Finsternis meiner Hoffnungen, suhle mich am Grunde eines erhofften Ozeans, untätig und verzweifelt. Und es gibt für mich keinen Spielraum, denn ich bin mir hier, von mir selbst eingeengt, meiner Grenzen bewußt geworden. Tief unten angekommen, schwebe ich nicht mehr über Abgründen, krieche ich nicht mehr durch Gänge, versuche auch nicht mehr, Ziele zu erreichen, möchte in keine LÄNDER mehr gelangen. Hier ist alles ruhig; ich bin gleichfalls ruhig geworden. So kann ich die die letzte, mir gestellte Aufgabe erfüllen: Im Schlamm der Meere eingefangen, den Triumph zu erleben, versteinerter Stein zu sein, nichts, als ein im Schlamm steckender, dumpfer Stein, zugleich aber ein schlaff hin und her schaukelnder, hohler Sack. Ein bewegungsloses, steinernes Kastell bin ich nur mehr , ein hohler, verwundeter Herzmuskel, der nur noch zaghaft schlägt. Und nichts mehr ist in mir, was erwähnenswert wäre. Denn als Stein bin ich hart und hohl, ängstlich, stumm und ohne jeden Trost. Es bleibt mir nur noch die Gewißheit, es selbst soweit gebracht zu haben und die Schuld auf mich zu nehmen, als verkrustete Hülle, kalt und leer am schlammigen Grund meines Meeres bewegungslos zu verharren.

> Für immer bin ich nun mit der regennassen, glitschigen Straße verschmolzen: wir sind eine Sache. Behutsam lege ich meine Wange auf die glänzende Reinheit der Kiesel, verspüre deren kühle Nässe.

Keine Bewegung mehr, kein Laut, der störte. Wieder aber fließen Tränen aus meinen leeren Augen auf den nassen Kies. So vermengen sich dessen Wässer mit den meinen, gehen ineinander über. Es ist gut. Endlich ist es gut. <

Ich zähle siebenhundertdreiundzwanzigtausend Steine rings um mich und: tausend und abertausend Schlammpartikel. Ruhig liege ich am Grunde meines Meeres, eingehüllt in den Schlamm meiner Hoffnungen. Und ich bin der im Schlamm eingegrabene Wurm, der nichts mehr wahrnimmt, nichts mehr wittert, der nur noch ungewissen Ahnungen ausgesetzt ist. So bin ich auch der angstvoll zwischen den Steinen kauernde Lurch, der darauf hofft, bald den entscheidenden nächsten Schritt in seiner Entwicklung zu tun, nämlich sich zum drohend wirkenden, mit gelben Feuermalen ausgestatteten Salamander zu wandeln. Eingegraben im Schlamm warte ich stumm zwischen den mir erwählten Steinen, zwischen meinen eigenen Steinen auf die entscheidende Veränderung. Doch ich werde hier nicht vergraben bleiben: Ich werde mich vom schlammigen Grund des Meeres loslösen, werde hinauf zur Oberfläche gleiten und schließlich erleichtert und frohlockend angekommen sein. Dann jedoch werde ich umsichtig vorgehen und es wird mir kein Fehler mehr unterlaufen, denn mein Körper wird nicht zur Gänze aus dem Wasser ragen. Lediglich mein Kopf wird aus Vorsicht aus dem ruhigen Gewässer herausragen, sodaß meine Augen ungehindert über die glatte Oberfläche aller Wässer werden sehen können. Und was sie alles sehen werden! Unzählige Gefährten, nein, *Freunde* werde ich plötzlich um mich haben: Lurche und Frösche, Wasserläufer und Bisamratten. Vor meinen Augen werden sie alle umherspringen, werden auf- und untertauchen und mir dabei mit ihrem Gespritze die Augen nässen. Vielleicht aber bilde ich mir dann nur ein, diese Geschöpfe zu sehen und werde in Wahrheit gänzlich alleine sein und Sehnsucht danach haben, jene Wasserbewohner um mich zu wissen, um schließlich enttäuscht festzustellen, das alles rings um mich bereits tot ist, daß mir keiner freudig entgegenkommt, kein Wasserläufer und auch keine Bisamratte. Danach werde ich mich wieder ruhig verhalten, denn *ich* bin ja der in einer Wasserlache zu Boden gesunkene Regenwurm, bin somit nur ein Wurm, der in seiner Pfütze schließlich zum versteinerten Fossil wird und der nirgends mehr hinabtauchen, sondern nur noch demütig an seinem Platz verharren darf. Noch aber werde ich nicht versteinern, werde kein fossiler Wurm sein, sondern wieder, wie so oft schon, pfeilschnell aus dem Wasser emportauchen, weit über dessen Oberfläche hinausschnellen, über jene Fläche, die ruhig und glatt unter mir liegen wird. Und in ihrem riesigen, blanken Spiegel werde ich mich selbst erkennen, werde in mein Spiegelbild eintauchen, um mich im spiegelnden, flimmernden Naß wiederzufinden. Die Oberfläche des Wassers wird sich sodann, durch einen Lufthauch angeregt, kräuseln, wird kleine Wellen schlagen und die Sonne wird sich flammenzüngelnd tausendfach in diesem Spiegel brechen. So wird im Meere tief unter mir das drängende, gierige Feuer nochmals entfacht werden und ich werde schreiend hinabstürzen in die Fluten, aus denen ich gekommen war. Tiefer und tiefer werde ich stürzen, bis auf den Grund, wo ich einst lag, werde weiterstürzen, bis ich blind und taub, lahm und steinern im Schlamm begraben bin. Denn nun wird für mich nichts mehr zu erhoffen sein; nein, für mich gibt es keine Hoffnung mehr. Bewegungslos liege ich in der Ursuppe. Erwartungsvoll horche ich nach allen Seiten. Gleich einem Blinden, sind meine Augen zerstört; ich rege mich nicht. Aber ich werde meinen Mund öffnen; endlich finde ich den Mut dazu: Geduldig hocke ich am Grunde des Meeres, *meines* Meeres, öffne langsam meinen Mund und...es fließt nur so in mich hinein! Endlich bin ich vereint mit den Wassermassen, die mich umschließen. Längst sind meine Blähungen vergessen. Meine Gedärme leisten keinen Widerstand mehr, nur mein Herz zuckt noch ängstlich, ehe es zermalmt wird. Weit öffne ich meinen Mund in der Gewißheit, es wird sich für mich lohnen. Denn noch ist meine Gehirnschale nicht zerquetscht, noch kann ich von ihr einiges erhoffen. Ich muß nur alles in mir aktivieren, muß konsequent dabei vorgehen, darf meinen Kopf, darf meinen Körper nicht zu überlisten versuchen. Ich werde also die letzten, mir noch verbliebenen Windungen meines Gehirns in Gang setzen, werde alles auf eine Karte setzen: Mein Mund ist weit genug geöffnet, ich bin bereit, alles in mich herein-, alles herauszulassen. Und ich werde alle meine Körperöffnungen weit auftun, um die Sache zu beschleunigen. Denn als steinerner Embryo bin ich verpflichtet, alles daran zu setzen, rasch geboren zu werden, oder schnell zugrundezugehen, was dasselbe ist. Auch das wird mir unmöglich sein, bin ich doch als Fötus in meiner eigenen Gebärmutter eingeschlossen, ohne deshalb mit Lebenssäften versorgt zu werden. Ich werde demnach weder geboren werden, noch werde ich imstande sein zugrundezugehen: Ich bin eingeschlossen in meiner Haut, bin Gefangener im eigenen, zuckenden Gebärmuskel, bin ein blutiger Fötus in der Ursuppe, der ungeduldig auf seinen Auftritt wartet. Gierig trinke ich mein Fruchtwasser, das mich süß und rot umgibt. So werde ich wachsen, werde anschwellen, um endlich von mir selbst befreit, vorwärts zu kommen. Vergeblich bin ich Symbiosen eingegangen, habe mich ohne Erfolg vor mir selbst verborgen. Niemand hatte mich finden können. Keiner hat nach mir gesucht.

> Aufrecht und frei stehe ich an der Straße im Regen. Schon von weitem wäre ich erkennbar: ein dunkler Pfahl im Sturm. Kraftlos lehne ich mich gegen die Böen auf, ständig aus kleinen Wunden blutend,

unzählige Male durchbohrt, gleich einem Heiligen, doch ohne dessen Tröstungen, gänzlich ohne Trost. Einer der mich irgendwann suchte, der seinen Blick auf mein Innerstes gerichtet hätte, würde trotz allem an mir vorbeigehen, ohne mich zu bemerken. Doch ich tarne mich nicht: Ich stehe, wie gesagt, aufrecht an der stürmischen Straße. Der Regen rinnt an mir herab. Keiner kommt vorbei. Längst habe ich aufgehört zu weinen. Ich erwarte niemanden mehr. <

Ich werde mich durch nichts mehr ablenken lassen, werde wieder Steine zur Oberfläche des Wassers schleudern, mich daraufhin selbst hinaufkatapultieren und alles, was unter mir liegt, vergessen. Keiner hat je dort unten auf mich gewartet, niemand hat jene Gedanken gedacht, die über den Ozeanen schwebten und nun nie mehr gedacht werden. So tauche ich als mein eigener Schatten auf und spüre wieder festen Boden unter den Füßen. Hier stehe ich endlich auf sicherem Grund, ohne zu wanken. Die Erde trägt mich, sie hat mich aufgenommen und ich kann auf ihr ausruhen. Auch das aber scheint mir nicht möglich zu sein: Hoch richten sich Wände vor mir auf; jede Berührung mit ihnen ist undenkbar. Alles, was ihnen zu nahe kommt, verbrennt augenblicklich. Und ich erkenne Türen, deren Klinken höhnisch glühen: ein abweisendes Inferno stellt sich mir entgegen. Ich hätte nach all den unzähligen Sprüngen, nach all dem Emportauchen, nicht hierher zurückkommen dürfen. Nun ist es zu spät. Meine Hände sind bereits verbrannt. Vorerst nur meine Hände.

ZÄSUR 9

Endlich scheint er in seinem Element zu sein, welch ein Geplätscher, welch sinnloses Auf und Ab, welch aussichtsloser Wunschtraum, als Embryo am Grunde des Ozeans zu liegen. In Wahrheit liegt er als kalter Stein lediglich in einer Pfütze. und er hat es nicht einmal geschafft, zitternd in einer leeren Regentonne zu kauern. Er hätte darin für immer seinen Platz finden können, um leise wimmernd, bewegungslos zu verharren. Doch er hatte nicht die geringste Möglichkeit, irgendetwas zu bewegen, am wenigsten sich selbst. Der ständige Regen hat sein Gehirn aufgeweicht und sein Herz durchnäßt. Und es waren keine Ozeane, die er in sich hätte einsaugen können. Es gab keine Meere für ihn, es flossen keine Bäche zu seiner Erbauung, keine Rinnsale begleiteten seinen Weg. Auch gab es dort unten keine bunten, sich wiegenden Seeanemonen, keine Schwärme glitzernder Heringe flitzten an ihm vorbei und kein Manta schwebte majestätisch gnädig über ihn hinweg. Nicht einmal eine giftige Muräne lauerte ihm hinter der nächsten Felsnische auf, kein Wasserläufer vertrieb ihm die Zeit, keine Bisamratte zeigte sich ihm. Es gab und gibt nichts und niemanden, mit dem er Zwiesprache halten könnte. Er hat kein Recht, auch nur einen Gedanken zu denken, hat sein Recht auf einen allerletzten Gedanken verwirkt. Es ist bereits alles für ihn erdacht worden. Und es ist nun zu Ende. Er hat auf nichts mehr Anspruch und ist somit weniger wert, als der umgestülpte Embryo eines Strassenfurzes. Er hat endgültig still zu sein! Es wird ihm niemand zuhören. Und es wird keiner für ihn eintreten. Keiner.

VERBRENNEN

Ich wäre imstande, jäh meine Hand von der glühendheißen Türklinke wegzuziehen, könnte sie sodann erheben, um hierhin und dorthin zu zeigen. Jedoch, ich denke sie mir nur erhoben und beschränke mich darauf, mir selbst den Sachverhalt zu erklären: Daß ich mich nicht von der Stelle bewegen kann, daß das Feuer, welches ich hinter jener Türe weiß, in mir drückende Beklemmung hervorruft. Wie ein kleines Kind beiße ich mir angsterfüllt auf die Lippen, verspüre keinen Schmerz, bemerke die Tränen nicht, die über mein Gesicht rinnen. Brandgeruch strömt mir entgegen, sticht mir in die Augen und klebt sich, nadelgleich, an mir fest. Ich sollte weitergehen und verharre dennoch, presse meinen Körper an die heiße Türe, an jene Türe, die mich immer noch von den verheißungsvollen Räumen des Kastells trennt. Längst ist eine Entscheidung fällig: Also nehme ich die Türklinke zwischen die Zähne, beiße zu, reiße die Türe mit einem Ruck auf. Schon brennt mein Gesicht, augenblicklich scheint es zu schmelzen. Aber ich spüre nichts, keine Hitze, keinen Schmerz. Nur weiter: Grell, schwefelig kommt Feuer auf mich zu, ein alles bedekkender, flatternder Vorhang. Ich möchte ihn ignorieren, will da nicht durchgehen. Trotzdem betrete ich rasch den nächsten Raum. Stille und Düsternis herrscht hier, nur aus der Entfernung knistert und flakkert es. Hier scheine ich willkommen zu sein. Ein schwaches Glosen nur folgt dem Züngeln kleiner, hellroter Flammen; Papierknäuel brennen in den Ecken rasch in sich zusammen, rollen sich ein, werden zu schwarzen Fragmenten. Ein Lufthauch hebt ihr verkohltes Skelett kurz empor und trägt es weiter. Keine lodernden Flammen mehr, nur noch anmutige Flämmchen, die ich vermutlich selbst entfacht habe, denn immer wieder stoße ich in den qualmenden Räumen auf diese unscheinbaren, hell brennenden Feuernester. Allmählich aber verlöschen sie, ein letztes Aufflackern, dann sinkt die Asche in sich zusammen.

Am Boden hockend blicke ich starr in die Finsternis, in die sich die verglimmenden Feuer zurückgezogen haben. Endlich ist es dunkel! Nichts mehr, was meine schmerzenden Augen blendet. Die Feuerschlangen sind in sich zusammengekrochen, der bittere Geruch von Qualm ist überall an mir und bedeckt mich gleich einer rauhen Zunge.

> Lange schon hat mein Geruchssinn versagt. Den Straßenkies hat der Wind trockengeleckt (dieses Streicheln meiner Wangen muß der Wind verursachen). Mit dem Gesicht ertaste ich vorsichtig den Kies unter mir. Seine glatte Oberfläche beruhigt mich; (niemals war ich erregt). Nun genieße ich auch die Bewegungslosigkeit meiner Hände. Und ich werde nichts mehr bewegen, auch mein Mund wird fest verschloßen bleiben. Ich werde nichts mehr sagen. Nie mehr. <

Der Raum in seiner Dunkelheit meint es nun gut mit mir, denn wieder strömt mir der beißende Atem aufflackernder Lohe entgegen. Ich presse meinen Körper gegen die Wand, halte horchend mein Ohr daran: Sie fühlt sich lebendig an; sanft säuselt sie mir in die Gehörwindungen. Fester dränge ich mich nun gegen sie und höre jenseits das Inferno: es dröhnt, zischt und röhrt, als ob alle Furien der Unterwelt losgelassen worden wären. Ungestüm verlangt das Feuer nach seinem Recht, sich auszubreiten. Ich werde ihm nicht im Weg sein. Bald wird es seine Botschaft überallhin verbreiten. Dann werde ich inmitten der Glut zu Boden stürzen, im Zentrum dieses Vulkans zu Lava werden und mit allem verschmelzen. So wird meine Befreiung doch noch stattfinden und niemand wird von außen eingreifen, niemand das Feuer löschen und keiner da sein, der das Feuer zu ersticken vermag. Und keiner wird vom Ausbruch dieses Vulkans wissen und es wird still um mich sein. Trotzdem werde ich andere Auswege finden müssen. Für die glühende Lava bin ich ja nicht geschaffen. So stehe ich, geblendet und grau vor Asche, mit zitternden Beinen, jedoch aufrecht, neben der immer noch glühenden Wand. Aus meinen emporgestreckten Handflächen zucken gelbe Feuer, ich aber spüre die Hitze lange schon nicht mehr. Gepeinigt und verbrannt, stehe ich blind inmitten von Mauern, ohne auf Erlösung hoffen zu können. Dennoch versuche ich mit letzter Kraft hinauszukommen, aber es ist zu spät: längst habe ich die Orientierung verloren. Voll Zuversicht luge ich aus einem der Fenster und erblicke das infernalische Lodern ringsum, das alles in grelles Weiß taucht. Und wieder entsteht eine Feuerwand, draußen diesmal, vor den einstmals blauen Wiesen. Langsam bewegt sich der Vorhang aus geschmolzener Glut her zu mir. Es wird einen Ausweg geben, ich muß nur ruhig bleiben und darf nichts überstürzen. Die Sirene! Immer schon hörte ich sie. An jedem Ort dieses Gebäudes war sie mit ihrem an- und abschwellendem Ton zu mir gedrungen. Jetzt erst wird mir bewußt, daß sie ständig gellend meinen geschundenen Körper durchflutet hat. Ich werde nicht mehr imstande sein, zu fliehen: nicht vor dem Gedröhn der Sirene, nicht vor dem Drängen des Feuers. Ich werde verglühen, meine Körperflüssigkeiten werden verdampfen und schließlich werde ich gänzlich mit der Lava des Kastells verschmolzen sein. Und doch möchte ich das alles nicht zulassen und blicke voll Hoffnung aus dem Fenster: Ringsum auf den Hügeln brennen die großen Feuer; feierlichen Kerzenflammen ähnlich zeigen sie erhaben nach oben. Aus dem Kastell aber schlagen Feuervorhänge hervor und winken flackernd ins Land. In MEIN LAND! Doch was ist daraus geworden! Die blauen Wiesen sind hinter Feuerwänden verschwunden, zurückgelassen als schwarze Teppiche der Ausweglosigkeit. Und jene Menschen, die einst hier verharrten, sind verglüht in der Sekunde des Sieges der Flammen über sie. Keinen von ihnen werde ich je wiedersehen. Ich aber werde *hier* nicht enden, werde noch nicht aufgeben. Ich wanke von Zimmer zu Zimmer, Schweiß rinnt an mir herab, rinnt über meine Stirn, über meine Augen, trübt mir den Blick. Es fließt nur so in meinen Mund hinein, bitter und süß zugleich. Warm fließt Blut an mir herab, vermengt mit meinen Tränen, die immer wieder hervorkommen, immer wieder.

ZÄSUR 10

Die heroische Art, wie er mit der Hitze des Feuers umgeht, beweist seine Infantilität. Es stellt sich heraus, daß er nur ein ganz gewöhnlicher Pyromane ist, der diesen Zirkus für sich selbst errichtete, um still in seiner Kammer zu sitzen und Papierknäuel anzuzünden. Und seine anfängliche Eile, alle Räume des Kastells rasch hinter sich zu bringen, um tatsächlich alle Brandherde gesehen zu haben, war nur gespielt. Er begeilte sich an 'Flammenvorhängen', um sie alsbald wieder zu vergessen. Jetzt ist er wirklich am Ende. Er wird jedoch weder verbrennen, noch verdampfen: Er wird nur noch intensiver in zerfallender Asche zu wühlen haben. Sein Haus stand in Flammen und er blieb kalt dabei. Auch die Sirene hörte er vergeblich; sein Verhalten änderte er deshalb ja nicht. So wankt er zitternd von einem Raum in den nächsten und küßt die glühenden, doch kalten Wände. Man wird ihm zu seiner Hilfe ein Feuermal auf die Wangen brennen, dann wird er doch noch vor den Flammen, vor der eigenen, bitteren Asche flüchten wollen. Aber er wird nicht weit kommen und wird zu spät bemerken, daß er nie hinausgelangen wird. Und seine Verzweiflung darüber wird ihn entscheidend schwächen: er wird zu nichts mehr imstande sein. Dennoch wird er unentwegt versuchen, 'seinen' Ausgang zu finden. Wer aber sollte ihm den zeigen, wer könnte ihm helfen, das Kastell zu verlassen?

ZERFLEISCHEN

Blut rinnt an mir herab: So bin ich der blutige, zerfetzte, ausgespiene Fötus, für den ich mich immer schon hielt. Und ich werde ausbluten. Ich hätte mich nicht so oft verletzen dürfen, hätte mir nicht so viele Wunden zuziehen sollen. Wo aber sind die Messer und Beile, wo die Sägen und Skalpelle, die all das an mir bewirkten? Und wie hatte es soweit mit mir kommen können? Ich hätte den Beginn meiner Zerteilung erkennen müssen, damals schon, als zu den kleinen Verletzungen, zu den unbedeutenden Abschürfungen, zu den belanglosen Schnitten, die großen, die tiefen Wunden kamen. Schon als ich mir mit einer Hacke (woher ich die wohl nahm?) mit aller Kraft ins Bein schlug, sodaß sie im Knochen steckenblieb und die entstandene Wunde trotzdem kaum blutete. Auch bin ich nicht sicher, ob tatsächlich ich die Hacke führte, ob wirklich ich der Verursacher dieser und all der andern Wunden war. Aber wer sonst außer mir, hätte ein derartiges Szenario erstehen lassen können? Ich selbst habe das alles hervorgerufen: ich habe hoffnungsvoll den ersten Schritt dazu getan. Und ich habe jene Kette an Brutalitäten losgelassen, die mit Zärtlichkeiten begann und mit Tränen endete. Nun sehe ich endlich alles klar vor mir und lerne zu begreifen: Die ganze Palette der Lust am Fleische, von der samtenen Zungenberührung bis zur Abtrennung der Extremitäten, liegt deutlich vor mir. Was also macht mich so staunen, was scheint mir an alldem so fremd zu sein? Habe ich nicht so lange geifernd an meine Brust geschlagen, bis sie blutend aufbrach? Habe ich mir nicht das Fleisch vor Wut herausgerissen, um mich sodann blutrünstig auf mein Opfer, nämlich mich selbst, zu stürzen? Aber alles ist anders gekommen, als ich es plante und meine kurz aufflackernde Blutrünstigkeit hat mir nichts genützt. Sie ist vergangen, war bereits am Beginn ihres Ausbruchs nicht aufrichtig, nicht wirklich gefährlich. Ich habe mich von mir selbst ködern lassen, habe selbst für mich die erlösenden, magischen Worte gesprochen, die mir endlich jenes Tor öffneten: STETIGE HOFFNUNG VORTAN! Freudig und erwartungsvoll schritt ich durch dieses verheißungsvolle Tor.., um sogleich in einen riesigen metallischen Trichter zu stürzen. Nun liege ich obenauf in dieser blanken Schüssel, mittendrinnen, zwischen unzähligen nackten Leibern. Ich beginne zu begreifen, daß jene Körper und Gliedmaßen, die am Grunde des Trichters liegen, längst abgestorben und faulig, als eklig-stinkende Brühe hinausrinnen, um für immer vergessen zu sein. Obenauf jedoch liege ich zwischen menschlichen Fragmenten, die sich selbst kaum noch gleichen. Einige der Verstümmelten bewegen sich noch; manche stöhnen zumindest. So warte ich darauf, gleichfalls nach und nach auf den Grund des Trichters zu gelangen, um eins zu sein mit all jenen, deren Säfte längst ausgeronnen und deren Schreie verhallt sind. Gemeinsam sind wir eine todbringende Maische aus Kadavern, die zur Gewinnung des Nektars Hoffnung ausgepreßt wird. Eingetrocknetes Blut markiert meinen Weg hierher, ist mir als Wegweiser bereits vertraut. Aufatmend lasse ich meine abgetrennten Körperteile zu Boden fallen, breite meine dampfenden Gedärme vor mir aus: Endlich bin ich wirklich hilflos! Reglos liege ich hingestreckt da, zerfleischt ahne ich nur noch die sickernden Rinnsale unter mir. Vieles von mir ist bereits zerstört, dennoch hält mein zermalmter Schädel noch einiges zusammen: Aus meinem gequälten Fleisch ragen da und dort Knochen hervor, helle Markierungspunkte der Aussichtslosigkeit. Und bläulich schimmerndes Fleisch täuscht mir fluoreszierende Lichter der Hoffnung vor. Ich bin die *vollkommene* Wunde: kein Teil von mir ist heil geblieben; völlig zerstückelt erwarte ich geduldig mein Ende. Es gibt keinen Schmerz mehr, nur Bewegungslosigkeit und Kälte, eine Kälte, die aus mir selbst steigt. Und während ich endgültig zerfalle, fließt alles aus mir, verlassen mich alle meine Säfte, alle meine Gedanken.

> Ich finde mich zurecht: noch ist es mir möglich, etwas wahrzunehmen, gleichsam über mir zu stehen, um mich zu beobachten. In der Nässe liege ich, meine Wangen fest auf den Straßenkies gepreßt. Nirgends Blut. Hier fließt nur Wasser.. und manchmal fließen Tränen. Hier spenden nasse Kiesel beruhigende Kühle. Hier lenkt mich nichts vom Zwiegespräch, das ich mit den Steinen führe, ab. Verwachsen mit dem Kies, habe ich längst meine Augen geschlossen. Dennoch vermag ich alles um mich zu erkennen, fühle die in mir hochkriechende Nässe, erahne den mich zerschneidenden Sturm, spüre den stechen-

den Druck der Steinchen unter mir. Ich werde mich davonmachen! Ich werde liegenbleiben: Es wird die letzte Reise sein, die ich antreten werde. Still werde ich liegenbleiben und trotzdem entschwinden, ohne Aufmerksamkeit zu erregen. Wie eine sanfte Melodie wird alles ausklingen. Und es wird nichts von mir übrigbleiben. Hoffentlich. <

Es ist noch nicht ganz aus mit mir: selbst das Ausbluten, das Zerstückeln und das Zerfleischen haben nichts bewirkt. Ich werde nicht lockerlassen, werde neu beginnen, denn noch bin ich als Ganzes vollständig. Und ich werde es nicht zulassen, daß ich als kalter, hilfloser Kadaver mit Füßen getreten werde, daß man alles, wirklich *alles* mit mir anstellen kann, daß man mich zerteilen kann, oder mich unbehelligt lassen kann, daß man mich heimlich verscharren und, am schlimmsten, mich nicht mehr bei meinem Namen nennen, sondern als Leiche bezeichnen kann. Deshalb werde ich folgendes ausprobieren, um mich endlich in Bewegung zu setzen: Langsam steige ich Treppen hinauf, setze vorsichtig Fuß vor Fuß, bringe Etage um Etage hinter mich, bleibe schließlich stehen. Weitläufig erstreckt sich das Innere eines metallisch glänzenden Gebäudes vor mir. Am Boden schlängelt sich ein schmales, rotes Rinnsal, eine vertraute Spur, die mich weiterführt. Sie weist mir den Weg zu endlosen Sälen, die sich vor mir auftun. Rasch betrete ich den ersten durch eine hohe Flügeltüre. Kühler Dampf schlägt mir entgegen, überzieht mein Gesicht mit einer feuchten, perlenden Maske, sodaß ich alles wie durch einen Gazeschleier wahrnehme, der sich auf meine Augen legt. Er aber ist nur ein Vorläufer, ein Ankünder jener Bandage, die mich einst umschließen und die nie mehr von mir genommen werden wird. Dieser, meinen Blick trübende Schleier, bewirkt aber, daß ich die Dinge in ihrer wahren Deutlichkeit erkenne, nämlich als nebelartige Schimären, die vermutlich nur Fallen meiner Ungeduld sind. So zeigt es sich, daß das Trübe, Verschwommene mir zu Klarheit und Erkennen verhilft, denn immer noch vermeine ich alles klar zu erkennen. Vorwärts taumle ich und nur die Ungewißheit über das Bevorstehende treibt mich weiter durch kahle Gänge, die mich hinauf zu den nächsten Etagen führen. Und höher hinauf in die dampfende metallisch- glänzende

Kälte der Säle: Endlich bin ich angekommen, endlich habe ich die letzte, höchste Etage erreicht. Aber gibt es hier eine allerletzte Etage? In diesen Kathedralen der Verzweiflung gehen Gestalten ruhelos hin und her. Sie lassen sich durch meine Anwesenheit nicht stören. Einige nicken mir verstohlen aufmunternd, nahezu einladend zu. Vergessen sind die trüben Schleier vor meinen Augen, vergessen die schmerzenden Gliedmaßen, vergessen auch, die an mir emporkriechende Angst. Ich wage mich weiter vor! Und sehe! Und begreife, weshalb mir der Eintritt hierher nicht verwehrt wurde; wie ein glühender Hauch fährt es mir ins Gesicht: Über Tische gebeugte, Blutverschmierte in Rümpfen wühlende arbeiten still vor sich hin. Eine alles niedermetzelnde Truppe, die ruhig ihre Aufgabe erfüllt. Schaudernd verharre ich in diesem Saal, über den sich eine eisige Ruhe gelegt hat, über ihn und all die andern Säle, die es hier noch geben mag. In atemloser Stille bietet sich mir ein Bild grauenvoller Selbstverständlichkeit: Abgeschnittene, abgerissene Beine, aufgeschlitzte Rümpfe, zerfleischte Arme und Hände, zerteilte Schädel, zermalmte Gesichter in Strömen dampfenden Blutes. Auf metallenen Pritschen liegen stumme Nackte, die sich noch bewegen, über die sich noch keiner beugt, die jedoch bereits verletzt und blutverschmiert sind. Sie aber sind nicht einmal mehr zu stöhnen imstande. Zielsicher gehen die Akteure auf und ab, gehen von einem zum andern, bilden Gruppen, beugen sich über metallische Tische, betätigen blutverschmiertes Gerät. Da und dort blitzen scharfe Klingen auf, fressen sich Sägen durch Knochen und Sehnen. Und an den Wänden hängen, noch unbenützt, Fleischerhaken. Die stumm Tätigen tragen keine Mundmasken, haben es nicht nötig, sich zu schützen, oder ihre Gesichter zu verbergen. Deutlich ist ihr wissendes Lächeln zu sehen. Doch nicht alle lächeln: einige haben Tränen in den Augen. Vielleicht aber ist es nur der Schweiß, der trotz der Kälte, die hier herrscht, über ihre Wangen rinnt. Manche flüstern mit ihren Opfern, die jedoch kaum noch etwas zu hören imstande sind. Ruhig stehe ich zwischen den Gepeinigten, sehe, wie sie sich stumm gegen die Umklammerung der Leibriemen aufbäumen, sehe, wie ihre Augen aus den Höhlen treten, sehe, wie sie sich verzweifelt in ihren Fäkalien wälzen, die sie unter sich ließen.

Einige, bereits unkennbare, hängen an Metallhaken, nur noch als Teile ihrer selbst. Und alles hier ist mit Blut geweiht, wie durch ein rotes Sakrament einer ewigen, apokalyptischen Taufe. Und so lege auch ich mich demütig nieder, lege meinen Kopf auf die kalte Schlachtbank, schließe meine Augen. Doch nicht ich bin der Auserkorene: das Blut eines anderen Opfers rinnt an mir herab, rinnt über mein Gesicht und meine Lippen spüren es warm und süß. Vom Blute durchtränkt liege ich da und erahne die Wahrheit, die geronnen an meinem Körper klebt. Auch die schlachtenden Akteure waten im Blut, zerteilen es zu Lachen, zu kleinen Seen, lassen es als Bäche davonfließen. Süßlicher Geruch drängt sich mir entgegen und ich kauere zwischen den Peinigern und den Gepeinigten und warte geduldig darauf, daß man auch mich packt, um mich einer Maschine zuzuführen, warte geduldig, daß man mich aufschlitzt, daß man mich ausweidet und vollständig zerstückelt. Das alles glaube ich geahnt zu haben, glaube, bereits davon gewußt zu haben, als mich noch Hoffnungen weitertrieben. Nichts jedoch geschieht, niemand beachtet mich. Die Schlächter widmen sich ihrer Aufgabe ohne innezuhalten. Ihre

Opfer aber stöhnen lautlos vor sich hin. Und für einen Augenblick ist absolute Stille eingetreten. Wie nach einer infernalischen Katastrophe stehen die Verschonten stumm und hilflos an den ihnen zugewiesenen Plätzen. Das ist der Moment der Wahrheit, der vollkommenen, glasklaren Wahrheit, die alle hier gemeinsam erfahren: Immer wieder sehen sie einander kurz in die Augen, um sich als Wissende zu erkennen zu geben, um sich des Erkennens der Wahrheit gegenseitig zu versichern. Sie leiden weder Hunger noch Durst, sie haben keine Sehnsüchte mehr. Denn sie sind im Besitze *ihrer* Wahrheit. Vielleicht aber sind sie nur von Müdigkeit befallen, von einer herbeigesehnten, ausweglosen Müdigkeit. Mir bleibt wenig zu tun übrig. Ich habe ja gottseidank keine durchbohrten Hände und Füße, trage keine Wunde in meines Brustkorbs rechter Seite. Dennoch bin ich verletzt, dennoch trage ich Wunden als Wegweiser meiner Angst in mir. Somit ist mein Weg vorgezeichnet: ich werde von neuem die alten Fragen stellen, werde mich orientieren, werde neue Wege ausfindig machen, um endlich hier herauszufinden. Ich bin ja bereits auf dem richtigen Weg: Es wird nicht schwierig sein, hier herauszukommen. Nur Mut! Noch aber klebt süßliches Blut an mir. Die Stille ist durchbrochen: Schallendes Fanfarengeschmetter geleitet mich hinaus, trennt mir das Innere vom Äußeren. Feierlich schreite ich durch unzählige hohe Tore hinaus. Ja, ich bin wieder draußen, habe mich hinausmanövriert, stehe am Beginn. Von ferne erblicke ich jenes verheißungsvolle Gebäude, das mich so oft schon täuschte: Hinter hohen Gräsern taucht im Dunst die stahlblaue Kuppel auf. Und wie einst lasse ich alles an mir vorbeiziehen: Die Angst, die mir die Kuppel immer einflößte, und die Ahnung, keiner geheimen Zuckerbackwarenfabrik, sondern dem Ort einer unseligen Vernichtungszeremonie nahe zu sein. Ich muß weitergehen, um Gewißheit zu erhalten, solange weitergehen, bis es zu spät sein wird, bis auch ich ausgeweidet und zerstückelt sein werde und bis es endgültig zu spät sein wird für die Warnung, die ich mir immer wieder vorsagen sollte: Ich darf dem blauen Kuppeldom nicht zu nahe kommen! Der Kreis hat sich geschlossen: Nun liege ich doch zerteilt und zerbrochen darnieder; ich konnte mich nicht hinausretten. Niemand aber beugt sich über mich und ausblutend versuche ich das alles nicht zur Kenntnis zu nehmen, möchte es ungeschehen machen, möchte endlich meine leeren Augen abwenden und mich weit fort von hier wissen. Doch wie verloren fließe ich langsam auseinander. Ich werde noch einige letzte Atemzüge tun. Mein zerbrochener Schädel liegt, zur Seite gedreht, am Boden, als ob er nicht mehr zu mir gehörte. Doch auch aus dieser verdrehten Perspektive nehme ich noch etwas wahr: einen Schatten; unweit von mir scheint eine Gestalt zu kauern. Vielleicht ist sie nur ein Spiegelbild meiner selbst, ein Vexierbild meiner kümmerlichen Reste. Man wird sehen. Meine Zerstörung scheint noch nicht abgeschlossen zu sein, obwohl ich mir doch die größte Mühe gab, kläglich zu enden. Nun kenne ich alle Höllen des Zerfleischens und des Untergehens im Schlamm. Auch jene des Verblutens. Also scheine ich doch weise geworden zu sein. Oder zumindest wissend. Denn noch bin ich ja nicht vollständig zerfallen, noch habe ich mich nicht völlig aufgelöst. Und es scheint jemand in meiner Nähe zu sein. Nur Mut!

ZÄSUR 11

Es ist eine Wonne zu beobachten, wie er sich langsam aber stetig auflöst. Vielleicht aber wurde er gar nicht zerfleischt, sondern hat das alles nur für sich selbst arrangiert. Endlich ist ihm der große Wurf gelungen: Ausgehöhlt, ausgeronnen, in nur noch wenigen Bestandteilen präsent, wartet er auf das Letzte, Endgültige. So hat er sich in einen seltsamen Zustand hineinmanövriert: Einerseits ist er körperlich noch komplett und hoffnungsvoll, anderseits schon zerteilt und aufgespalten in seine Ängste. Man sollte ihn nicht mehr stören, sollte ihm bei seinen Unternehmungen nicht im Weg sein. Was aber versprach er sich davon, immer weiter zu gehen, um sich schließlich den Schlächtern auszuliefern? Vermutlich hat der Verlauf seiner Geschichte so nicht stattgefunden und er hat sich selbst 'zerfleischt'. Und alles was er dachte und fühlte, ist lediglich das Ergebnis biochemischer Elektrizität, die durch sein zermanschtes Hirn fließt. So wurde er zu einem Gefäß einer zittrigen-Gewebesülze, einer armseligen Kloake. Nichts hat er gemein mit jenem stinkenden, gärenden Unrat im Metalltrichter, außer der Sehnsucht, gleich den andern seine eigenen Säfte gierig zu trinken. Er aber ist bereits ausgeronnen, ist zerflossen, nur weniges ist noch übrig. Und es scheint für ihn sinnlos zu sein, sich an all das stinkende Fleisch zu klammern, um letztlich doch abzugleiten und endgültig auseinanderzubrechen. Wir werden ihn jedoch nicht zusammenhalten, wir haben genug gesehen, haben zu viele seiner Anläufe miterlebt. Und seine Hoffnung, nun nicht mehr alleine zu sein, sondern einen Gefährten neben sich zu wissen, teilen wir nicht. Lassen wir ihn doch endlich in Ruhe! Keiner vermag ihn noch zu erkennen, keiner würde versuchen, seine blutigen Teile zusammenzusuchen. Niemand war hier, der das hätte vollbringen wollen. Niemand.

BEGEGNEN

Ich finde mich auf meinem Lager wieder, bin also niemals aufgestanden und habe mich nicht von hier fortbewegt. Doch ich wage mir nicht vorzustellen, wo diese Liegestatt stehen könnte. Bin ich wieder am Beginn meiner Reise und habe diesen Ort nie verlassen und all die Greuel noch vor mir? Und woher nehme ich trotzdem den Mut, so zu tun, als könnte ich so wie bisher weitermachen? Doch diese Fragen werden mich nicht beirren: ich werde ruhig bleiben, werde nichts übereilen und nichts erwarten. Denn bald werde ich von mir selbst für immer schuldig gesprochen werden und mir als Richter entgegentreten, ohne mein Urteil zu ahnen. Noch aber bin ich stark und eins mit mir selbst. Wie beruhigend ist es, mich zu spüren. Wenn ich mir mit meinen kalten Händen über den Körper streiche, fühle ich mich als Ganzes, fühlt sich alles so wie früher an. Auch das leichte Frösteln, das ich solange nicht mehr wahrnahm, hat sich wieder eingestellt. Immer noch halte ich die Augen geschlossen, wage ich auch nicht zu blinzeln. Dennoch versuche ich meine Situation zu erkennen, versuche, die Ruhe, die ich daraus schöpfe, zu bewahren, sie festzuhalten. Plötzlich fahre ich hoch: heiß und kalt zugleich läuft es an mir herab und ich spüre das alte Brennen: Deutlich habe ich diese Stimme gehört. Ein Laut nur war es, ein kurzer Vokal, nichts Bestimmtes. Das scheint ohne Bedeutung zu sein, und doch ist mir klar, daß es für mich entscheidend sein wird, diesen Laut gehört zu haben. Diesen Laut, der mehr eine Stimme war, der aber deutlich in mein Bewußtsein gelangt ist. Es scheint keinen Zusammenhang zwischen jener Stimme und meinem Zustand zu geben und doch ist dieser Laut der Endpunkt einer Entwicklung, nämlich der meinen. Er ist die Bestätigung dafür, daß meine Sache nun endgültig abgeschlossen ist. Eine andere Erklärung habe ich nicht. Wie könnte ich sonst diese Stimme als Botschaft begreifen? Und diese Botschaft ist eindeutig: Ich selbst habe aus jener Ecke zu mir gesprochen, es war *meine* Stimme, es waren *meine* Laute, die ich hörte und die noch in mir nachklingen. Dennoch kann ich nicht sicher sein, tatsächlich meine Stimme aus jener Ecke vernommen zu haben, denn niemals habe ich den Mund geöffnet, kein Wort kam über meine Lippen; lange schon habe ich keine Wörter mehr. Auch ist niemand da, sie zu hören. Keiner, weit und breit, der mir zuhört. Ich habe längst aufgehört, zu mir selbst zu sprechen, nichts mehr, was ich mir noch zu sagen hätte. Es kann sein, daß ich die Wör-ter, die ich zu hören glaubte, tief in mir deponiert hatte. Und diese Laute, die ständig in mir sind, für mich aufgehoben, vielleicht auch versteckt hatte, um sie nie mehr aufzufinden, auch dann nicht, wenn ich nach ihnen gesucht hätte. So sind jene Wörter wie von selbst hervorgequollen, um mich rasch davon zu befreien, nach ihnen suchen zu müssen. Ich werde nun nichts mehr suchen, keine Laute, keine Wörter, keine flüsternden Gestalten in dunklen Ecken. Zwar bin ich wie gelähmt, aber ich werde mich trotzdem dazu zwingen, das Notwendige zu tun: Ich werde jene Stimme, die ich zu hören glaubte, nicht akzeptieren, werde mich ihrer drängenden Botschaft verschließen. Und ich werde nie mehr auf Worte hören. Deshalb bin ich so zuversichtlich. Denn den Einflüsterungen dessen, der mich hinaus in die Wüste lokken und der sich vierzig Tage und vierzig Nächte lang meiner Verzweiflung sicher sein wollte, habe ich erfolgreich widerstanden. Nichts mehr, was mich dort hinaustriebe, auch nicht meine eigene Stimme. Ich wüßte auf die Fragen, die ich mir stellen würde, keine Antworten. Es gibt eben keine Antworten für mich! So bin ich sprachlos, bin ohne Worte, bin ohne jede Möglichkeit, mich mitzuteilen. Und gegen alle Vernunft werde ich versuchen, Änderungen herbeizuführen, werde mir vorgaukeln, aktiv zu sein, um den Dingen eine Wendung zu geben: Es werden meine eigenen Worte sein, die mich dazu antreiben; endlich werde ich die 'richtige' Richtung einschlagen. Mutig erhebe ich mich, gehe mühelos umher, bewege mich; endlich bewege ich mich! Ein Schatten gleitet an mir vorbei. Ich bleibe stehen, kehre um: Es war nur ein Spiegel, der mich getäuscht hat, nein, ich habe mich von ihm täuschen lassen, ich selbst ging als Spiegelbild an mir vorbei; eine Falle, von der ich nichts ahnte. Zaghaft gehe ich näher heran, sehe mich deutlicher, komme noch näher und berühre beinahe die Glasfläche. Lange schaue ich mir selbst in die Augen und versuche dabei, meinem Blick standzuhalten. Schon berührt mein Gesicht die glatte, kalte Fläche; unentwegt starre ich auf mein Gegenüber: Bin das ich? Und.. was ist das: Ich? Immer tiefer stürze ich in die Identität meines Ebenbildes, fülle die Fläche vor mir mit meinen Gedanken aus. Die Konturen verschwimmen, alles wird zur Landschaft. Aber es ist nicht mein LAND, das ich da vor mir habe, es ist etwas Gefährliches, Ziehendes, hinter dem Bedrohliches lauert. Und noch tiefer tauche ich ein in das Vis-a-Vis, versinke gleichsam in mir selbst. Der Sog 'hinüber' aber wird stärker. Anfangs noch versuchte ich diese Gesichtslandschaft ruhig zu beobachten, sie nach Vertrautem abzusuchen, versuchte , die allmählich zerfließenden Teile als Ganzes zu sehen. Doch mehr und mehr verschwimmt nun das vertraute Gesicht und wird mir immer fremder. Ich will meine Augen schließen, will mich vor mir selbst verschließen, tränend bleiben sie jedoch starr geöffnet. Und ich versinke allmählich in unendliche Tiefen meines Ich. Meine Identität scheint verloren. Somit bin ich nichts mehr, bin, eine in meinem Bewußtsein aufgelöste Amöbe, hinter den Nebelschleiern meiner Existenz angelangt. Werde ich mich aus diesem Sturz in die eigene Unendlichkeit erretten können? Es dröhnt in meinen Ohren, m e i n e n Ohren. Habe ich Ohren? Vermag ich zu hören, zu sehen? Habe ich..? Bin ich..? Ich..? Ich! ICH darf nicht zweifeln. Krampfhaft presse ich meine Augenlider zusammen. Ab jetzt werde ich nicht mehr in diesen spiegelnden Abgrund schauen. Ich könnte nicht mehr zurückfinden. Ich würde ja nie mehr umkehren wollen! Langsam, mit Vorsicht, krieche ich aus meinem Innersten. Kalter Schweiß bedeckt meinen Körper wie ein Schutzschild gegen das Verlorengehen meiner Identität. Ich versuche wieder zu mir zu gelangen, zu mir, wo immer das ist. Aber kann ich mir selbst noch trauen? Und ich werde *doch* nichts ändern! Ich werde aufspringen, werde ziellos umherrennen, wie so oft schon, werde hin und her taumeln, ohne damit das Geringste zu bewirken. Und verzweifelt werde ich davonwanken und an all jene denken, die gleich mir ohne Halt sind: Ich sehe sie vor mir, die Händeringenden, die Stolpernden, sehe die sich Geiselnden, sehe sie alle an mir vorbeiziehen. Ich aber stehe ruhig abseits, weiß mich außerhalb dieser Gequälten, die ständig mit den Armen schlenkern, die mit ihren Köpfen wackeln und ihre Münder durch Krämpfe geschüttelt, verziehen. Und ich schaue in die verzerrten Gesichter jener Hilflosen, die nicht ahnen, daß sie für immer an diesem Ort zu bleiben haben und die so wie ich, ohne Hoffnung sind. So habe ich nicht nur mich selbst aus jener Ecke flüstern gehört, sondern ich habe sie alle vernommen, habe sie angestarrt und war Teil eines jeden von ihnen.

>Nie begegnete ich mir selbst, sah noch nie mein eigenes Spiegelbild; würde mich darin auch nicht wiedererkennen. Ich begegnete ja nur den Steinen, auf denen ich liege, sah das Wasser, spürte den Wind. Auch hörte ich keine Stimmen, nur mein leichtes Röcheln, das der nasse Straßenkies als Echo wiedergibt. Hier ist keiner. Hier herrscht Stille. Dennoch hört mein längst mit dem Kies verwachsenes Ohr leises, aufmunterndes Getrappel: Es wird etwas auf mich zukommen. Ich werde Gesellschaft bekommen und werde nicht mehr allein mit der Straße sein müssen, werde nicht mehr nur zu den Kieseln sprechen. Ja, ich werde noch ganz andere Gesprächspartner haben! Bald schon werde ich in bester Gesellschaft sein. Schritte höre ich behutsam näherkommen. Fester presse ich mein Ohr an den Straßenkies: In mir klingt die Musik von Galoppen, singen klappernde Schuhe eine holprige Melodie. Stille. Nur das Säuseln des Windes, das

sich mit dem des Regens vereint, ist zu hören. Ich habe meine Lektion gelernt: Hier war nie irgendetwas zu hören. Immer noch rauscht es in meinen Ohren. Meine verklebten Augen aber haben keine Tränen mehr. <

Mit geschlossenen Augen werde ich voll Zuversicht die Nacht abwarten. Vielleicht werde ich es später wagen, mutig hinauszugehen, hinaus in den Wald. An diese Möglichkeit habe ich noch nicht gedacht: einfach hinaus in den Wald zu gehen. Es könnte ja sein, daß es hier Wälder nur für mich gibt. Also: hinaus! Im Wald angekommen, werde ich meine Schritte verlangsamen und die würzige Waldluft tief einatmen. Alsbald wird mir Zimtgeruch in die Nase steigen und mich anspornen, weiterzugehen. So werde ich zuversichtlich durch den zimtsüßen Wald schreiten ganz feierlich wird mir dabei zumute sein. Die verlockende Süße wird mich, wie schon einmal, umnebeln. Und ich werde beginnen, während des Gehens kleine Seitenblicke zu riskieren und die an mir vorbeiziehenden Bäume verstohlen aus den Augenwinkeln beobachten: Langsam und unaufhörlich werden sie sich ineinanderschieben. Schneller werde ich daraufhin gehen, werde weitere seitliche Blicke wagen und schließlich die einzelnen Bäume nicht mehr voneinander unterscheiden können. Es wird nach zersstoßenen Pfefferminzblättern duften und beschwingt werde ich einen Fuß vor den andern setzen. Plötzlich werde ich einen sehen, einen , der auf gleicher Höhe von mir, zwischen den Bäumen dahinrennt. Einen, der mit mir im gleichen Tritt dahineilt, den ich nur schemenhaft Augenblicke lang neben mir herrennen sehe, der von Baum zu Baum hastet und dadurch den Eindruck vermittelt, von den Baumstämmen zerteilt zu werden. Einen also, der scheinbar aus nur einem Arm, nur einem Bein besteht, ein Hampelmann, der neben mir herzappelt. Abrupt bleibe ich stehen: Kein seitlicher Begleiter mehr; die Minzendüfte haben sich verflüchtigt.

Wieder habe ich geirrt: Nicht Zimtgeruch umfing mich, auch keine Minzendüfte.. Fäulnisgestank war mein Begleiter, die Fäulnis falscher Hoffnungen, die nicht von meiner Seite wich. Einem Baum gleich stehe ich da, meine Arme zu Ästen hochgestreckt und warte, warte darauf, wie ein Baum, an dieser Stätte der Enttäuschung zu verwurzeln. Gleichzeitig aber erwarte ich das Gegenteil, hoffe auf jemanden, der mich aus dieser Lage befreit. Und vielleicht ist eben der, der dies zustandebringen könnte, bereits dicht hinter mir. Schon ahne ich seinen Atemhauch in meinem Nacken, schon vermeine ich seine aufmunternden Worte zu hören. Geduldig warte ich. Mein Körper ist erstarrt. Der Boden unter meinen Füßen wird diffus, löst sich auf, ich selbst löse mich auf, werde vom Erdboden verschlungen und falle in einen Strudel des Vergessens. Die Zeit hat mich aufgelöst, hat mich gnädig erlöst. Ich kehre dorthin zurück, von wo ich mich niemals entfernt habe: Nie war ich anderswo, als in jenem Zimmer, nie habe ich den Raum verlassen, von ich glaubte aufgebrochen zu sein.

ZÄSUR 12

Erstaunlich: er hört Stimmen, sieht schemenhafte Schatten. Ist er doch selbst bereits weniger als ein Schatten. Welche Erleichterung für ihn, könnte er stammeln und lallen, ähnlich jenen, die er zu sehen vorgibt. Er aber fühlte sich in die Wälder seiner Träume versetzt und war doch nie weiter von der Erfüllung seiner Visionen entfernt. Auch vermeinte er aromatische Gerüche wahrzunehmen. Und schließlich bildete er sich ein, mit jedem Schritt weiter in sein Paradies einzudringen. In Wahrheit aber hat er seinen Platz nicht verlassen. Trotzdem sieht er sich selbst, wiedergespiegelt in unzähligen Bildern, die er mühsam zusammensetzt, ohne sich darin zu erkennen. Und keiner begleitet ihn auf seinem vermeintlichen Weg, niemandes Atem ist nahe. Die Stimmen aber, die er zu hören glaubte, sollte er schnell vergessen. In Wahrheit hat ja auch er nie gesprochen, hat nicht gelallt und nicht gestöhnt. Er hat für sich selbst immer nur die eine unverständliche Sprache benutzt: Das Säuseln und Murmeln. Und er liebte das undeutliche Wispern sosehr, daß er sich keine andere Art der Verständigung vorstellen konnte. Mit seiner Art sich mitzuteilen, mußte er ja auf niemanden Rücksicht nehmen; er selbst konnte sein zwischen den Lippen hervorgepreßtes Zischeln auch nicht entschlüsseln. Dadurch war er nicht imstande, Selbstgespräche zu führen. Das hätte ihm helfen können: mit sich selbst zu reden, in jener Sprache, die er sich selbst beigebracht hat. Er aber zog das Schweigen vor. Nun hat er das absolute Schweigen, den absoluten Stillstand erreicht. Er ist still geblieben und hat alle Gelegenheiten etwas zu sagen, verpaßt. Und es wird ihm klar, daß er sich nie bewegt hat, daß er immer nur stumm auf seine Auflösung gewartet hat, die er für seine Erlösung hielt.

Immer lautloser und diffuser wird er, bis schließlich nichts mehr von ihm bleibt. Und keiner wird in seiner Nähe gewesen sein. Keiner.

ENDEN

> Ich werde mich aus der Erstarrung lösen und meine Wehrlosigkeit nicht akzeptieren. Und obwohl ich weiß, daß ich nichts mehr zu erwarten habe, bin ich voll, Hoffnung. Niemand wird mich von hier fortschaffen können, ich selbst werde gehen. Zu lange habe ich an diesem Platz ausgeharrt, zu sehr war ich mit dem Regen verwoben, war verwachsen mit dem Kies, war eins mit der Straße. Auch der Sturm hatte mich nicht aufrütteln können. Jetzt wird alles anders werden. Endlich werde ich den ersten Schritt dazu tun. Voran! <

Die nächsten Schritte werde ich mir nicht lange überlegen: ich werde sie gehen. Vielleicht sogar laufen! Nichts mehr wird mich aufhalten. Ich werde zu neuen Methoden greifen und alle meine Möglichkeiten erproben. Es wird weitergehen! Obschon ich mir befohlen habe weiterzugehen, bleibe ich stehen. Und schleiche mich nicht heimlich davon. Ruhig atmend vermeide ich jede Bewegung. Fest presse ich meine Arme an den Körper, berühre ihn dabei, ohne es zu wollen. Zaghaft streiche ich bewußt über meine kalte, schlaffe

Haut. Nur noch weniges muß sie zusammenhalten. Ich selbst halte mich ja gegen meinen Willen hier fest. Aber ich habe mich gut eingerichtet, es fehlt mir an nichts. Erleichtert bemerke ich, daß mein Körper von Flecken und Pusteln übersät ist: Signale des Aussatzes und der Absonderung, die ich mit mir herumtrage. Allmählich aber werde ich mich aus meiner alten Haut schälen, ohne dabei spontan aus der Haut zu fahren. Es wird in aller Ruhe und überlegt geschehen; diese Methode wird mich schneller an mein Ziel bringen. Doch es ist schwieriger als ich annahm: Meine alte Haut läßt sich nicht einfach abschütteln. So reibt sich meine 'innere' Haut ständig an der äußeren wund. Jene äußere aber hängt in Fetzen an mir herab. Bald werde ich diese mich peinigende Hülle zerreißen, werde die alte, geschundene Haut durchstoßen, die mir, gleich einem Gazetuch, das an mir klebt, den Atem nimmt. Aus alldem werde ich herauskommen, obwohl ich diesen Ort niemals verlassen werde können. Dann werde ich eben Schmetterlinge aus mir hervorholen, um, bunt schillernd, für immer hier zu bleiben; schon schlage ich flatternd um mich, komme von mir selbst nicht mehr los, vermag mich nicht zu befreien. Immer noch habe ich zu wenig Erfahrung in diesen Dingen. Auch muß' ich darauf achten, meine Erschöpfung vor mir selbst zu verbergen. Und ich werde weitermachen! Als bunter Schmetterling, oder auch nur als wundes Stück Fleisch. Nichts mehr behindert meinen Weg, keine Kastelle, keine blauen Wiesen, keine Zuckerbackwarenfabriken. Und da ich nun freie Bahn habe, werde ich auch nicht mehr davonlaufen müssen, werde dem Drang, wegzurennen, leicht widerstehen können. Schon habe ich vergessen, wie die Sonne wirklich aussieht. Endlich bin ich dorthin zurückgekehrt, von wo ich aufgebrochen war und habe endgültig alle Türen hinter mir zugeschlagen. Es wird dunkel. Die Nacht kündigt sich an. Ich bin ohne Furcht. Während ich mich entkleide, nehme ich den Apfel aus der Manteltasche, lege ihn an seinen Platz zurück und sinke erschöpft auf das Bett. Still liege ich da, atme kaum und habe mir ein strenges Bewegungsverbot auferlegt. Bald werde ich mir ein Berührungsverbot aufbürden; gekonnt werde ich damit umzugehen wissen: Dann werde ich ja niemanden mehr berühren müssen. Und es wird mich keiner berühren dürfen. Auch werde ich nichts mehr zu sagen haben; es wird alles gesagt sein. Das aber, was ich nur noch in Fragmenten anzudeuten vermag, wird durch mein krampfartiges Herauspressen weniger Silben nicht mehr verständlich sein. Die Berührungen waren da noch verständlicher. Aber auch das Auflegen der Hände an meinen Körper wird nicht mehr geschehen dürfen. So wird schließlich kein Austausch von Gedanken und Gefühlen stattfinden und die Wahrheit wird für immer in mir verschlossen bleiben.

> Kraftlos falle ich auf den nassen Kies, zusammengesunken liege ich am Boden und erkenne, wie sehr ich nur noch die Straße liebe, wie sehr ich den peitschenden Regenwind begehre und daß ich lüstern nach einem Schlagloch schiele, um mich darin zu entleeren. <

Nichts mehr habe ich draußen zu erwarten, vermag nur noch hier herinnen zu existieren: Alles hier ist klar und übersichtlich, hier lebe ich in meiner von mir geschaffenen Ordnung, hier kann ich ruhig sein. Ich lege die Hände in den Schoß; es gibt nichts mehr zu tun für mich: nichts mehr zu denken, nichts mehr zu fühlen. Ich atme auf: keine besorgten Hände umfassen mich mehr. Es wird Zeit, mit alldem aufzuhören. Ich werde nicht mehr handeln. Ein letzter Versuch noch: Ich beginne das Zimmer auswendig zu lernen. Alles um mich herum nehme ich auf, werde Bestandteil der Gegenstände, werde zum Bett, zum Kasten, bin die stumme Wand, bin *alles* hier im Raum, bin der Raum selbst. So wurde ich zu meiner eigenen Wohnstatt, die sich mit sich selbst umgibt. Allmählich versinke ich in endlosen Gedankenströmen: Ein letztes Aufbäumen, sonst nichts. Aber auch da finde ich nicht mehr heraus, auch meine eigenen Gedanken bieten mir keinen Schutz vor mir selbst. Darin mag der Schlüssel meiner Bestimmung liegen. Denn ich hätte es besser wissen müssen, habe ich doch lange schon keine Gedanken mehr, nackt und wund, wie ich hier liege. Es muß noch andere Möglichkeiten des Ausbrechens für mich geben, noch habe ich nicht alle Varianten durchgespielt. Erschöpft, doch zuversichtlich, kehre ich vom Grunde meines Gedankenschlamms an die Oberfläche der scheinbaren Realität zurück. Ab jetzt bin ich mir nicht mehr im Weg, nun behindere ich mich bei der Durchführung meiner Pläne (hatte ich je Pläne?) nicht mehr. Es wird neue Aspekte geben: *Alles* wird für mich erreichbar sein! Mit letzter Kraft versuche ich eine Änderung herbeizuführen. Eine Verwandlung in eine Kröte, einen Skorpion, in einen Wolf gar. Es wurde nur eine Verwandlung in ein ungeheures Ungeziefer daraus: bewegungslos hänge ich an einer Wand. Und aus dieser unseligen Metamorphose, die ich mir selbst zuzuschreiben habe, vermag ich mich nicht mehr zu lösen. Still steht mein Atem. Eine gewisse nachdenkliche' Starre ist nun eingetreten, obwohl ich doch absolut nichts mehr denken wollte. Ein lähmendes Gefühl der Tatenlosigkeit, des wollüstigen Nichtstuns hat mich befallen. Meine Ängste habe ich abgelegt: Es gibt keine Überraschungen mehr. Es wird bald zu Ende gehen mit mir. Ich bin ja nur noch ein Einzeller, der sich nicht mehr zu teilen vermag, der sich nicht mehr mitzuteilen imstande ist, der stumm vertrocknet. Dumpf klebe ich an der Wand und genieße meine Abhängigkeit. Bald ist es ausgestanden. Ein leichter Schweißausbruch, ein kaum merklicher Brechreiz, das ist alles. Nur Geduld. Wie weit von mir entfernt mag jene Türe sein? Ich darf nicht aufgeben, muß endlich alle meine Kräfte mobilisieren. Zu spät! Schon stehe ich *vor* der Türe, habe sie bereits hinter mich gebracht, stehe draußen, ohne Apfel in der Manteltasche und gänzlich ohne Hoffnung.

> Immer noch stehe ich an der Straße. Der Wind peitscht mir den Regen ins Gesicht. Es ist gut. Alles ist getan. Schon habe ich mich entkleidet. Es wird nichts bewirken. Für meine Pläne wird es reichen: Ich werde von Neuem beginnen. Es wird also einen Anfang geben. Es hat schon begonnen. Ich habe den ersten Schritt dazu getan. Es wird weitergehen. Nur Mut! Trotzdem warte ich. Es gibt nun nichts mehr zu tun für mich. Nichts mehr zu sehen, nichts mehr zu hören, nichts mehr zu sagen. Und auch nichts mehr zu spüren. Ich fühle nichts mehr. In mir ist nichts. Ich bin nichts. Ich bin das Nichts, das Nichts. <

EPILOG

'Hier konnte niemand sonst Einlaß erhalten,
denn dieser Eingang war nur für dich bestimmt.
Ich gehe jetzt und schließe ihn.'
Franz Kafka
(Vor dem Gesetz)

Schon als er sein Zimmer verlassen hatte, war er sich darüber im klaren, daß er sein Ziel nie erreichen wird. Trotzdem machte er sich auf den Weg und ist so von einem Irrtum in den andern getaumelt. Seine Instinkte sind demnach verschüttet und liegen in ihm begraben. Seine infantile Neugierde aber, läßt ihn noch aus dem Sarg heraus Hoffnung schöpfen. Er scheint also noch zu leben, scheint zumindest noch nicht gänzlich abgestorben zu sein. Er sollte zu einem raschen Ende kommen! Niemand hört ihm noch zu. Und er sollte sich geweigert haben, sollte sich geweigert haben, zu sprechen, geweigert, zuzuhören, geweigert, nachzudenken. Er sollte endlich nichts mehr hören wollen, sollte die Hände an seine Ohren legen, den Kopf hin und her schütteln und sich allem verweigern. Auch sollte er seine Augen schließen, sollte das Gesehene verleugnen, sollte es für sich 'ungesehen' machen. Und er sollte sich, um seiner Verweigerung Nachdruck zu verleihen, als Kind verkleiden und nicht als Schmetterling, sollte, ganz Kind, zu erkranken versuchen. Auch dazu wird ihm die Kraft fehlen. Er wird lediglich im Bett liegen, um seinen von Geschwüren bedeckten Körper vor sich selbst zu verbergen. Und er wird den Blick in den Spie-gel ängstlich zu vermeiden suchen. Dennoch wird ihm gerade der Spiegel Hilfe sein, wird ihm sein Kindsein deutlich vor Augen halten. So wird er zwar nur in kindhafter Verkleidung in Erscheinung treten, von seinen Wünschen aber wäre er dadurch wenig entfernt. Wohin aber könnte er sich, als Kind verkleidet, noch wenden? Hat er nicht bereits alles aufs Spiel gesetzt? Und entdeckte er nicht als Kinderspielplatz eine Sandkiste, angefüllt mit glühender Lava, für sich?

Doch das Feuer hat er längst hinter sich. Könnte ihn vielleicht ein Schaukelpferd, ganz aus Seeigeln gefertigt, aus seiner Lethargie holen? Hörbar war ja nur sein Gestammel im Beichtstuhl, während er sich zögernd entleerte. Er wird also das Schwarze unter seinen Fingernägeln hervorholen, wird es heimlich küssen und inmitten seines prachtvollen Kastells eine Kerze zum Angedenken an diese heilige Großtat anzünden. Somit wird alles von neuem beginnen, er aber wird nicht mehr dabeisein müssen. Er wird schon ein anderes Spiel zu spielen haben, keiner wird ihm die Spielregeln erklären. Er hat aber die Möglichkeit, auf fliegenden Elefanten durch Luftballonwälder zu gleiten, außer acht gelassen. Auch stieg er nie in Brunnen, in dem gekrönte Frösche seiner harrten. Er wand sich lediglich wie ein Wurm durch Gänge und Höhlen einem Licht entgegen, das sich als ihn versengende Hölle entpuppte.

Er betrat Kathedralen, die Schlachthäuser waren, flog Höhen entgegen, die sich sogleich in Abgründe verwandelten. Er hat die Wegweiser, die ihn zu 'seinem' Weg hätten führen können, nicht bemerkt. So blieb ihm nur die Straße, die Kälte, die Nässe und der knirschende Kies als Vertraute seiner Ohnmacht. Was hat er denn erwartet? Schon zu Anfang war klar, wie die Sache ausgehen wird. Aber mit welcher Leidenschaft hatte er sich an die regennasse Straße gestellt! Hat er denn in den schemenhaften Gestalten die seinen Weg kreuzten, tatsächlich hilfreiche Samariter gesehen? Er war derart vom Gestammel der Narren eingenommen, daß er nicht merkte, daß es sein eigenes Gestammel war, das er hörte, denn nie hatte er anderes hervorgebracht, als Gestammel. Also konnte er sich nicht verständlich machen. Und seine Heiserkeit... welche Heiserkeit, nie war die Rede davon? Immer noch gebraucht er Ausflüchte, doch die werden ihm nichts nützen. Er hätte sich das vorher überlegen sollen. Bevor er glaubte, klare Luft atmen zu dürfen. Er ist trotzdem losgegangen, ohne das Für und Wieder abzuwägen. Und wie weit ist er damit gekommen? Bis ans Ende. Nun ist er wahrlich am Ende! Alle Versuche, nochmals zu beginnen, werden scheitern. Aber er wird ohnedies keine Anstrengungen in diese Richtung unternehmen. Als ob er sich je angestrengt hätte! Es wäre das alles besser unterblieben. Er hat ja gehofft, daß es nie stattfinden möge, daß es so nicht ablaufen soll. Es hätte eben nicht begonnen werden dürfen! Keiner aber konnte es verhindern. Nun sollte man sich abwenden, sollte die Sache endlich abschließen und gefaßt weitergehen. Alles ist gesagt worden, alles für ihn getan. Nun ist es endgültig aus. Es ist so gekommen, wie es vorhersehbar war. Nie mand konnte eingreifen. Keiner hatte auf ihn Einfluß. Weshalb gehen wir nicht, machen wir doch endlich Schluß! Hier gibt es nichts mehr zu sehen, nichts mehr zu tun. Es würde sich ja für ihn nichts ändern, denn er ist nur noch daran interessiert, in der bewußten Holzkiste still zu liegen und seine letzten Minuten zu feiern.

Jetzt hat er es in der Hand, seinen letzten Zeitpunkt zu bestimmen. Er aber wird nichts mehr zu bestimmen haben. Er wird bleiben wo er ist. Vorläufig. Er kann nichts mehr tun. Er hat sein Ziel erreicht. Er hat sich selbst begraben. Doch obwohl er bereits verfault, wird er dennoch nicht ruhen.